G000058528

Né en 1944, Olivier de Kersauson est un navigateur, chroniqueur et écrivain, connu pour avoir battu le record du monde en solitaire en 1989. Après son best-seller *Ocean's Songs*, il revient sur ses courses et ses records. Dévoilant son parcours intérieur, *Le monde comme il me parle* est son livre le plus intime.

POINTS AVENTURE
un esprit de liberté

UNE COLLECTION DIRIGÉE PAR PATRICE FRANCESCHI

Il y a 2 500 ans, Pindare disait : « N'aspire pas à l'existence éternelle mais épuise le champ du possible. » Cette exhortation à un dépassement de la vie était aussi un appel à la liberté et aux liens qui l'unissent à l'esprit d'aventure.

Vingt-cinq siècles plus tard, l'énergie vitale de Pindare ne serait-elle pas un remède au désenchantement de nos sociétés de plus en plus formatées et encadrées ? Et l'esprit d'aventure l'un des derniers espaces de liberté où il serait encore possible de respirer à son aise, d'agir et de penser par soi-même ?

C'est sans doute ce que nous disent les livres qui, associant aventure et littérature, tentent de transformer l'expérience en conscience.

Patrice F.

TEXTE INTÉGRAL

ISBN 978-2-7578-4282-9
(ISBN 978-2-7491-1632-7, 1re publication)

© Le Cherche Midi, 2013

Olivier de Kersauson

LE MONDE COMME IL ME PARLE

Cherche Midi

Le plaisir est ma seule ambition. Je n'ai pas cherché à paraître, j'ai cherché à *faire* ; et j'ai eu cette chance. Ce n'est pas la chance qui fait les choses, mais rien ne se fait sans elle. S'il n'y a pas un peu de « poudre de perlimpinpin », rien ne peut se faire. Aller sur la mer, c'est aller se promener aux limites de ses capacités et de son savoir. Risquer. Oui, risquer sa vie. Pour s'en sortir, il faut un peu de cette poudre.

J'ai toujours, presque par *philosophie*, choisi dans ma vie la route la plus difficile. Le risque. L'extrême. C'est l'une des plus vieilles règles du monde que j'ai comprise lorsque je devais avoir 10 ou 12 ans : dans la vie, il y a toujours deux voies face à soi, une difficile et l'autre facile. Si on emprunte la plus dure, on a toutes les chances de faire le bon choix. C'est presque une loi physique. La voie la plus dure construit. Il faut aller vers le plus dur, toujours. C'est comme à la guerre : on peut mourir à l'assaut des tranchées ou mourir en fuyant. Entre la balle dans le dos et la balle dans le cœur, j'ai toujours préféré l'idée de la balle dans le cœur. Le fait de vivre emmène obligatoirement dans des phases où l'on ne contrôle plus rien. Il s'agit de résister. C'est moins dangereux de risquer que de subir. La facilité, c'est l'impasse. Ce n'est pas le danger auquel on échappe qui procure du plaisir, c'est l'habileté avec laquelle nous y avons échappé – on peut appeler cette habileté de la chance.

1

Le ronflement de l'éternité

Il ne faut pas se méprendre : la terre commence là où la mer s'arrête – et pas l'inverse. La mer n'est pas la fin de la terre, comme tout le monde le pense.

La terre, c'est un accident de l'océan.

La mer est aussi variée que la terre. Toutes les mers sont différentes les unes des autres. Aussi différentes que des paysages : il y a la même différence (en termes de décor) entre la mer d'Iroise et le Pacifique qu'entre l'Alsace et l'Afrique du Nord... Les vagues ne sont pas les mêmes, les dessins de la mer ne sont pas les mêmes, les vents... Les ciels étoilés ne sont pas les mêmes sur toutes les mers. Tous les marins le savent.

Quand je suis sur la mer, je suis chez moi. Plutôt, je suis chez elle...

Le monde, pour moi, n'a d'intérêt que maritime. C'est mon monde, un décor magnifique, varié, pas monotone pour peu que vous en ayez la lecture – aussi lisible que les empreintes dans un bois pour un garde-chasse.

Le chant de la mer, c'est l'éternité dans l'oreille.

Dans certains endroits du globe, dans certaines configurations, quand ça ronfle, que ça déferle (la mer est capable de tordre une tourelle de cuirassé comme une petite cuillère), c'est le ronflement de l'éternité qui est derrière vous (une illusion d'éternité).

Dans l'archipel des Tuamotu, en Polynésie, j'entends des vagues qui ont des milliers d'années. C'est frappant. Ce sont des vagues qui brisent au milieu du plus grand océan du monde. Il n'y a pas de marée ici, alors ces vagues tapent toujours au même endroit.

Ce récif est tout à fait impressionnant. Là, j'ai une sensation d'éternité. Il y a toujours de l'éternité dans la mer, mais aux Tuamotu, c'est de l'éternité souriante, de l'éternité lumineuse avec du bleu ciel et du blanc. Je ne connais pas de plus bel endroit au monde, c'est à couper le souffle. Littéralement. Ailleurs, on voit souvent de l'éternité noire comme sur les côtes d'Irlande, d'Écosse ou de Bretagne. Là, elle est blanche.

Soleil, couleurs vives, bleu qui peut devenir pâle…
Et puis, surtout, il y a ce bruit énorme.

À Moorea, on est, certes, sur la mer, mais dans les Tuamotu, celle-ci nous apparaît totalement, complètement, à 360 degrés. Les îles des Tuamotu sont des bateaux immobiles.

Ailleurs, pour comprendre qu'on est sur une île, il faut en faire le tour. Aux Tuamotu, c'est évident. Ce n'est pas un hasard si les Polynésiens disent que leur pays est le *nombril* du monde.

Quand j'étais en Australie et que je regardais les vagues, je me disais : « Tiens, elles viennent des Tuamotu. » Elles viennent, en fait, d'un courant d'est – des côtes d'Amérique du Sud. Elles cognent ici depuis des siècles.

Toute ma vie, j'ai cherché à comprendre la longue houle du Pacifique.

La mer ne vieillit pas.

Le monde que j'ai connu il y a quarante ans s'est dégradé. Souvent, il a autant vieilli que moi, il s'est autant abîmé que moi. Pas en Polynésie, pas à Moorea, pas dans les Tuamotu… En d'autres termes, la Moorea que je vois aujourd'hui est moins abîmée que moi.

Comme la mer borde les îles, elle aide ces îles à rester jeunes.

Ce qui est entouré de mer vieillit moins vite.

La mer est comme le feu : très variée et totalement uniforme.

Elle n'a pas de mémoire. Sa pureté procède précisément de son oubli.

Je ne peux pas ressortir de mon errance maritime des vignettes dont le titre serait : *My Best Day*. Tout cela est une affaire d'ambiance, de couleurs, d'odeurs, de moments confondus, enchaînés... Quand je suis sur l'océan, je respire, je flaire, je suis en éveil. Il n'y a pas un *best day* de l'éveil – ou alors il y en a mille, dix mille... Justement, c'est fort parce qu'il n'y a pas un moment plus fort que les autres quand je navigue. C'est comme dans une histoire d'amour : c'est la présence de l'autre (le délice de l'autre) qui a tressé à travers les années des périodes indiscernables qui font du tout un moment de grande tenue et de grande valeur. La mer est pour moi un lieu générique : les instants que j'ai passés en sa présence ont tous une signification. Il n'y en a pas un que je puisse isoler en me disant que c'est le plus beau. Les vraies histoires d'amour ne sont pas morcelables. La mer produit pour moi un merveilleux auquel, pour des raisons émotionnelles, physiques, intellectuelles et affectives, j'ai toujours été sensible.

J'ai, certes, ressenti des pics d'intensité durant ma vie sur les océans mais ces pics, ces épiphanies sont vécus, revécus, attendus, à venir et présents en même temps. Ils ne sont pas isolés de l'enchantement général. Ils ne sont pas isolables. Les bonheurs d'hier nous rendent aujourd'hui plus heureux encore (cela est vrai pour chacun). Je ne trie pas dans mes enchantements. Il n'y a pas de rupture.

Tous les jours en mer, j'ai appris quelque chose. Tous les jours, un élément neuf est venu conforter ma connaissance.

Pour moi, rien n'est plus plaisant dans la vie que de partir faire le tour du monde avec un bateau à voile : faire le tour du monde météorologique qui est extraordinaire, faire le tour du monde géographique qui emmène dans des endroits où la mer est énorme, où il fait froid, où les systèmes sont variés.

À 60 degrés sud, par exemple, loin des hommes, ce monde est intouchable. C'est un univers qui, précisément, ne veut pas d'eux : c'est écrit dessus ! Au pôle Sud, il n'y a personne. Il n'y a pas de « culture » – dans tous les sens du terme. Il n'y a pas de traces, si l'on préfère. Il n'y a aucun homme qui vit là et qui va transmettre à un autre quelque chose sur ce que doit être leur vie.

Le tour du monde est un parcours exceptionnel et d'une beauté infinie. Le tour du monde météorologique est d'une grande violence – et d'une grande intensité aussi, par conséquent. L'intelligence, c'est de faire vite ce parcours, le plus vite possible. Pourquoi ? Non pour gagner du temps, mais pour piloter mieux, pour mieux comprendre. Aller vite sur la mer, c'est prendre (aussi absurde que cela puisse paraître) une autre route. Aller vite, c'est démontrer qu'on a bien compris la mer.

La vitesse, c'est une esthétique.

L'excellence de la navigation, c'est la vitesse. C'est parce que la route est prise rapidement qu'elle est remarquable. L'extraordinaire, c'est de fabriquer des machines qui vont traduire cette excellence.

2

Le métier de la mer

Je me demande souvent comment peut être fait le cerveau de qui n'aurait jamais vu la mer.

Il faut un vrai mental pour faire ce métier (ce sport), être prêt à mourir. C'est comme la corrida. Ce n'est pas du *poney circus* ! Ce n'est pas le sport des bavards, mais celui du réel !

On dit qu'on joue au foot, on dit qu'on joue au rugby ou au tennis… Dans mon sport, on ne joue pas, d'ailleurs, personne ne prend ça pour un jeu !

J'étais fait pour ce métier – et rien que ce métier. Je crois que je n'aurais pas pu en faire un autre. J'étais fait pour lui – ou lui pour moi, c'est selon…

Un tour du monde, c'est une géographie sur laquelle est plaquée une météo en fonction des saisons. Quand je fais un tour du monde, je vois tout ce que la planète peut « produire » comme types de mers et de vents.

Ce qui est passionnant justement, c'est la variété de notre monde, sa puissance, sa violence. Pour quelqu'un comme moi qui aime la mer, les occasions d'enchantement parfait sont nombreuses et lumineuses.

On ne s'impose pas sur la mer. Impossible. On passe simplement sur la pointe des pieds. Un peu comme dans la vie…

En mer, il est interdit de se tromper ; dès qu'on fait une faute, on paie immédiatement l'addition. Et elle est salée !

Tout est sublime quand je suis sur un bateau. Quand je monte à bord, que je dis « larguer devant », « larguer derrière », c'est magnifique. Quand je navigue, c'est magnifique. Quand je reviens, que je fais la manœuvre de quai (amarrer devant, amarrer derrière), c'est magnifique. Il n'y a pas une seconde qui ne soit pas un moment de bonheur. Intégral. C'est toujours superbe. Une série de moments de grâce complète. Changement de quart, changement de voie, changement de vent, changement de mer… Le vent, le bleu, les nuages… Pas une seconde à jeter, pas une seconde médiocre… Pas une seconde inintéressante… Pas une seconde en dessous de ce rêve dont j'ai fait ma réalité. Rien de plus élégant. De plus fort… Le départ d'une course, c'est une forme de naissance : celle des craintes et des espoirs.

Partir pour un tour du monde, c'est mettre le cap sur la féerie : le Grand Sud, la forte nébulosité, la glace au loin, le dessus des icebergs qui se reflète parfois dans les nuages, les aurores boréales en permanence… On a le sentiment d'être poursuivi par une fête foraine : le ciel rouge, vert… de toutes les couleurs à la fois.

Naviguer, c'est anticiper. C'est comprendre le monde qui nous entoure.

Ce métier est dur, intransigeant ; il faut tout lui donner et même un peu plus que ce que l'on a.

Couper une ligne d'arrivée, c'est quitter la joie de naviguer – d'où la tristesse…

Après un mois en solitaire, il est difficile de parler à quelqu'un… Aucun marin n'est bavard à l'arrivée.

L'équipage

Un équipage, c'est quoi ? Des bras en plus. Un capitaine qui a besoin de son équipage pour lui remonter le moral n'est pas un capitaine. Un capitaine doit toujours tout assumer seul, c'est l'isolement du pouvoir – c'est d'ailleurs le propre de tout commandement.

Quand je pars avec un équipage, je ne connais pas mes marins. D'ailleurs, je ne les connais pas davantage en revenant. Je ne sais rien d'eux. Je ne connais que leur passion et leur effort, rien d'autre. Ah, si, j'entrevois parfois leurs faiblesses, mais il ne faut pas trop regarder. On ne parle pas, on n'échange pas, on n'a pas le temps. Ce que l'on voit, c'est le plaisir que prend l'équipage, et ça, c'est formidable : ça réconcilie avec l'homme. Un équipage qui manœuvre bien est un équipage qui marche aux signes – il n'y a pas besoin de commander. C'est l'excellence des hommes. Il n'y a pas à parler. Tout se passe dans les regards, dans la plénitude d'un visage.

Un équipage, c'est un peu comme une meute : il s'agit d'apprendre à se renifler.

Les gens qui aiment ce métier de la mer au point de l'exercer en ont toutes les grâces. Ils sont souvent hors du commun. Ils sont payés de leur plaisir, de leur goût et de leur effort. Les hommes avec lesquels je cours ont des morphologies mentales structurées. Ils savent que, pendant un tour du monde, ils peuvent laisser leur peau.

Ils ont fait la part du feu.

C'est beau, un équipage qui marche bien : c'est l'image des hommes dans ce qu'ils ont de meilleur. On a là, venant de l'humain, les plus belles choses, les plus fortes et les plus émouvantes ; ça, j'en suis persuadé ! C'est un véritable honneur de commander. Oui, un grand honneur. En somme, c'est la confiance des autres qui est un honneur. Voilà. Quand les hommes vous accordent leur confiance, alors c'est beau. C'est très fort dans le regard de l'autre. Le plaisir que prend un équipage, c'est de la vraie beauté… C'est une construction. Je crois, au fond, comme je l'ai dit, à l'excellence des hommes. C'est ce qui les fonde. L'excellence des autres, c'est cette poussière d'étoiles que tout le monde a un peu et qui fait le magnifique de la vie, le merveilleux. Sans l'exigence de cette excellence, il n'y a pas de vraie beauté.

Il faut sans cesse rechercher cette poussière d'étoiles…

Je ne réunis mon équipage qu'une seule fois avant le départ d'une course (et je le réunis avec les gens de mon équipe qui restent à terre), pour savoir si les hommes qui sont à bord veulent être prévenus en cas d'accident dans leur famille. Chacun des membres d'équipage doit alors signer un document qui indique (ou non) s'il veut être informé en mer en cas de décès dans sa famille. Tout le monde doit se déterminer avant le départ sur cette question.

Un équipier qui, à bord, vient d'apprendre

qu'il a perdu son père, sa femme ou son gosse, c'est une responsabilité collective. Un type qui, en mer – et alors qu'il ne peut pas débarquer –, doit digérer son deuil, ce n'est pas rien pour l'équipage dans son ensemble.

Les mauvaises nouvelles, c'est moi qui les apprends à mes hommes (quand ils ont signé pour être prévenus). Je choisis le bon moment pour annoncer. Je suis obligé de gérer ça, je ne dois pas voler à mon équipier son temps de deuil. Je lui dis la nouvelle et je lui laisse le téléphone pour qu'il puisse parler avec sa famille (on dispose maintenant d'un téléphone à bord).

Il m'est arrivé en mer de dire à des hommes que leur frère s'était suicidé, que leur père était mort...

La plupart des hommes veulent être prévenus car ils ne veulent pas laisser leur famille seule dans le chagrin. Là, on touche vraiment les zones d'ombre et de lumière des gens. Là, on est dans le vrai.

L'équipe protège celui auquel il arrive ça. L'équipe est instinctive, il n'y a pas de mots, mais il y a autre chose...

C'est dur, mais il faut savoir quel métier on a envie de faire : marin ou danseur.

C'est l'envie qui fait les gens.

Souvent, mes équipiers ont dépassé les limites de leur résistance. En d'autres termes, ils se sont dépensés sans compter. S'il existait une banque de l'énergie, leur compte serait à découvert.

À la fin d'un tour du monde réussi, quand la ligne d'arrivée est coupée, les hommes viennent remercier le capitaine et celui-ci remercie l'équipage. C'est un moment simple et intense.
Ce sport a des vraies dimensions.

Le bateau ne pardonne rien et, à bord, les hommes s'y voient nus dans la peine, la peur ou la joie. C'est l'école de l'impossible et de la tolérance, de la rugosité comme de la tendresse.

Le commandement

Le commandement n'a pas été, pour moi, une décision philosophique : il est arrivé avec l'âge – comme l'acné avec la puberté.

Commander un équipage de course, c'est organiser le service du bateau. Il n'y a pas de tâches inférieures et supérieures. Dans un tour du monde, il y a un volume de tâches à effectuer. Quand un patron a du temps, il peut se retrouver à quatre pattes en train d'écoper les fonds s'il y a de la flotte ! C'est autant de gagné sur les efforts des autres, dont il s'agit d'économiser les forces. Il faut gérer l'épuisement des hommes tout en ayant le souci de la meilleure rentabilité : c'est de l'ergonomie, en somme.

Un bon capitaine est un type toujours conscient de la valeur *mécanique* de son équipage. La fatigue est dangereuse, elle fait les mauvaises décisions. C'est elle qui tue et qui blesse.

Le commandement ne peut pas être une imposture dans la mesure où l'équipage ne laisserait pas un type commander s'il n'était pas jugé comme étant le meilleur. Le commandement, ça se fait aux épaules ! On est patron parce que les autres vous font confiance. Ils voient que vous savez. Ils vous *confirment*.

On décide de devenir patron quand on le sent. Tous ceux qui vivent à la mer savent ça. Et quand on le sent, on l'est. C'est naturel. Il y a peu d'erreurs. Surtout quand on a pris son temps. Moi, j'avais navigué dix ans comme second avant d'être patron, je savais ce que c'était que d'obéir.

Mieux on commande, moins on parle (la mer a aussi ses ermites !). L'équipage anticipe. Il sait ce que je veux. Il va, *a priori*, faire ce que je pense. Mon équipage sait ce que je vais faire quand je monte sur le pont. Tout s'enchaîne.

Un bon équipage, c'est celui qui, quel que soit ce que le patron dit, s'exécute. Personne ne doit s'exclamer : « Mais… Tu ne crois pas que… »

C'est hors de question. En course, je deviens *chaleureusement* inhumain.

On ne vit pas tous dans le même temps sur un bateau. Les hommes de quart gèrent l'instant T : il y a le coup de barre à donner à la vague qui est là, tout de suite. Il y a « la vitesse à faire » maintenant. Qu'est-ce que va être la mer dans une demi-heure, dans deux, trois heures ? Ça, c'est le problème du skipper, du patron. Moi, je vis au temps T plus 20, 30, 40…

En course, je passe huit heures par jour à la table à cartes, huit heures sur le pont et huit heures à diverses tâches (comme me nourrir et dormir). C'est à la table à cartes que j'ai toutes les informations. Sur le pont, je fais toutes les manœuvres. En course, je suis H 24. J'observe les phénomènes météorologiques, je tente de les lire et de transmettre ce que j'ai lu. Souvent, ces phénomènes sont répétitifs. Par exemple, parfois, pendant deux heures, le vent donne des claques mais elles ne sont pas suivies… Ça monte et souffle à 30 nœuds, puis plus rien. Ou l'inverse, le vent souffle à 25 nœuds, puis 27, 28, 30, et retombe à 14 pendant une minute : ça ne nécessite pas un changement de toile – ce serait même une erreur, on ralentirait car on ne supporterait pas l'excès. Quand on a vécu deux heures comme ça, je sais qu'on a toutes les chances pour que la troisième soit semblable. Sur le pont, l'équipage me dit que ça mollit… C'est là que je leur explique qu'on ne change rien aux toiles, que dans une minute le vent va repartir. Comme capitaine, donc, je suis la mémoire du bateau. Je suis le seul à savoir comment ça s'est passé deux, trois, quatre… huit heures avant. Les hommes de quart n'ont pas le temps d'observer ces phénomènes, de les lire. Ce n'est pas leur métier.

La mémoire de tout ce qui s'est passé pendant que l'équipage se repose (le quart dure six heures), c'est le patron.

Commander, sur un bateau de course, c'est rechercher l'harmonie entre les éléments et les hommes, c'est rechercher la perfection. Le bonheur, c'est le moment de glisse parfait. Quand on fait de belles manœuvres, quand ça ronfle à 27, 30 nœuds, quand on réalise des empannages (1 000 mètres carrés de toile à cinq sur le pont), alors que les vagues font 12 ou 14 mètres et que tout se passe bien, le mot qui vient, oui, c'est « élégance ». Et là, je vois les hommes prendre du plaisir. Ils s'amusent avec le bateau.

Depuis vingt-cinq ans, je navigue avec deux seconds exceptionnels : Didier Ragot et Yves Pouillaude.

Pouillaude et Ragot sont des champions incroyables. Avec eux, j'ai fait des acrobaties, du trapèze sans filet, et ça, je ne pouvais le faire qu'avec eux. Ce sont des navigateurs hors norme.

La conception du bateau

Un bateau de course, c'est la seule chose qui coûte plusieurs millions d'euros et qui soit simplement accrochée sur un quai au bout d'une corde. Alors que la moindre voiture avec un peu de cylindrée a son propre garage.

Chaque nouveau bateau est une éprouvette.

Le premier bateau que j'ai construit, c'est *Kriter IV* (1978). Nous étions deux à l'imaginer, un ingénieur en armement (Xavier Joubert) et moi. Nous en savions beaucoup moins long qu'aujourd'hui. On avait beaucoup repris ce qui avait été fait sur *Pen Duick IV* en améliorant.

Un bateau qui vient juste d'être mis à l'eau, c'est un peu comme un livre ouvert : s'il y a des coquilles, elles sautent aux yeux.

Une fois le bateau sorti du chantier, avant de partir pour un tour du monde, il y a six, sept mois d'entraînement, de tests de la machine. Je sors alors en mer pour savoir au juste ce qu'il a dans le bide !

À l'origine de la conception d'un de mes bateaux de course, il y a, souvent, un bureau d'études, un architecte, mon équipe et moi. On lance une idée : ce serait bien d'avoir tel type de bateau pour faire tel parcours. C'est le moment où l'on échange… Pendant cinq ou six mois, on ne se voit plus, chacun travaille. Puis, nous nous réunissons et tout le monde vient avec son projet, c'est-à-dire le profil du bateau qu'il imagine. Et là, je tranche. Avec mon équipe rapprochée (Yves Pouillaude, Didier Ragot), on sait préalablement comment le bateau va être « typé » (étroit, large, long, survoilé, sous-voilé, volume à l'avant…) : on sait ce qu'il nous faut mais on ne le dit pas de façon à ne pas influencer le bureau d'études ou l'architecte. On les laisse imaginer leur bateau – et on confronte nos imaginations.

Je dirige la conception, je l'oriente. Je suis à la manœuvre. Je pense toujours à des bateaux nouveaux. Quand je pilote un bateau de 30 mètres, je me demande toujours comment il se comporterait s'il en faisait 40. Je suis constamment en train d'anticiper. La longueur de la flottaison est un facteur de vitesse quasiment constant. Plus on l'augmente, plus le bateau va vite. Il faut prendre également en compte la surface de toile (c'est le nombre de mètres carrés par tonne du bateau). Le dessin compte encore beaucoup : il faut qu'il corresponde aux efforts que je vais demander au bateau (si je veux qu'il prenne rapidement du volume, une étrave très fine, un « tulipage », un gros nez…). C'est à la fois très complexe et très simple. Chaque choix correspond à une détermination. Les vrais techniciens sont ceux qui, comme nous, connaissent la mer pour y avoir passé leur vie. C'est l'expérience qui permet d'anticiper ce que va être le bateau. Et on sait être discrets sur nos innovations. Les secrets sont bien gardés et ils font partie du métier.

On a les moyens de faire, de ne pas trop faire savoir, de foncer et de générer des résultats. C'est tout.

Ocean Alchemist, j'en suis l'architecte. J'ai signé le bateau. Il a des capacités mécaniques incroyables. Sa consommation est faible (1,7 litre de gasoil au mille à 15 nœuds) et son autonomie (à 15 nœuds, 6 200 milles) est stupéfiante : on peut faire un aller-retour Brest-New York sans refiouler.

Personne parmi les architectes ne *sentait* ce bateau, ils ne le voyaient pas, ils avaient du mal à l'imaginer, ils avaient peur de se planter. Un jour, je me suis fâché et j'ai dit : qu'importe, on y va. J'ai travaillé avec le bureau d'études brestois d'Hervé Devaux, et c'est Yves Pouillaude, l'un de mes seconds, qui fut l'aménageur mécanique. Hervé Devaux est la grande intelligence mondiale du bateau (toute l'évolution de la course au large, on peut dire que c'est lui). C'est une grâce absolue de travailler avec Devaux.

Ocean Alchemist est né de notre collaboration. Je suis toujours aussi fier de ce bateau.

3

Un tout « petit savoir »

J'ai discuté un jour avec Jean-Pierre Rives, qui venait d'arrêter le rugby. Il me dit, non sans émotion, et elle était visible : « Un sportif meurt deux fois, la première fois, quand il arrête son sport. » À ce moment-là, j'ai pensé : « Moi, je veux vivre vieux, arrêter très tard. »

La seule emmerde, c'est que je me retrouve en train de mourir pour la première fois et cela me fait, à titre personnel, beaucoup de peine !

De fait, j'arrête mon sport aujourd'hui, mais j'ai commandé jusqu'à 64 ans, en course, en record.

Ce sport est magnifique car ce que j'ai perdu en force et en souplesse, je l'ai gagné en connaissance.

Ce que je sais de la mer, ça tient sur une feuille de papier d'un seul côté, mais je le sais. Et nous sommes trois ou quatre au monde à le savoir.

C'est une vie pour une feuille de papier d'un seul côté…

Et ce qui est étonnant, c'est que cette capacité d'acquérir, au cours d'une vie, ce tout « petit savoir » fait de la vie même une chose exceptionnelle – non pas au sens de « vanité » mais de « grâce ».

Dans l'histoire politique mondiale, il n'y a aucun marin qui soit devenu dictateur. Des militaires, oui, des marins, non ! Les marins savent depuis toujours qu'on ne peut faire les choses que si le temps le permet (*weather permitting*). Il n'y a qu'à terre qu'on puisse faire les choses sans tenir compte du temps (à part si on veut envahir la Russie en hiver !). À terre, on peut être suffisamment fou pour penser que les choses vont se plier à ce qu'on veut. En mer, c'est impossible.

La seule façon d'être un bon marin, c'est de ne pas avoir de certitudes.

En mer, malgré l'expérience, on n'est jamais à l'abri de se trouver à la limite de son « petit savoir ». Il y a des situations qu'on ne connaît pas. Il faudrait mille vies (et encore) pour les connaître. C'est pourquoi je pourrais naviguer pendant mille ans sans m'ennuyer une seconde. Il y aura toujours quelque chose à comprendre. Je signe demain pour dix siècles de navigation autour du monde.

La course, c'est comme la Bourse, d'une certaine façon : tout dépend de ce qu'on a compris du marché du vent.

Dans mon métier de marin, la postérité n'est pas pensable. Il ne faut jamais imaginer qu'on va laisser quelque chose… Même une trace. On n'a affaire qu'au présent. Il faut même être bien idiot pour penser qu'on pourrait laisser quelque chose…

Il n'y a pas d'autres traces que celles que creuse le sillage. Et elles disparaissent.

On est un peu concernés par le passé parce qu'on a les moyens d'en entendre parler, mais nous devons être indifférents à l'avenir car nous n'avons aucun moyen de le connaître.

Tabarly a laissé des choses car c'était un génie. Un génie est un type qui a des idées que les autres n'ont pas. Éric a inventé des bateaux. Il a fait évoluer le monde maritime. Sa culture était considérable : Éric était une encyclopédie flottante. Dans le yachting, c'est très net, il y a un avant et un après Tabarly. Moi, je n'ai fait que perfectionner des choses qui avaient été mises en exergue. Moi, j'ai du talent mais pas de génie. Et ça fait une sacrée différence !

Un génie est un mec capable de mettre en application une pensée qui n'a pas été accomplie. C'était le cas d'Éric.

Tabarly avait la perception simple de ce qui doit être fait. C'est énorme. Un peu comme, la première fois, le mec qui, au sortir de sa grotte préhistorique, a l'idée de durcir son épieu au feu pour que la pointe transperce mieux le mammouth. En durcissant son épieu au feu, ce mec a fait faire un progrès. Éric a fait faire des progrès en mettant en application ses intuitions.

4

Le devoir de l'aventure

Moi, j'avais le devoir de partir à l'aventure aussi pour tous ceux qui avaient rêvé de le faire et qui n'ont pas pu. Je ne me suis pas retrouvé à 20 ans chef de famille à nourrir des petits frères ou des petites sœurs parce que mon père avait disparu. Je ne me suis pas non plus retrouvé avec une mère malade que je devais soigner. Je me suis servi des chances qui furent les miennes... À fond. J'en ai toujours été parfaitement conscient. Je pense aussi à ceux qui n'ont pas eu la santé.

Avant un départ de course autour du monde – une heure avant d'appareiller –, j'ouvre au hasard un courrier que j'avais reçu. Ce sont des mômes qui m'écrivent car ils ont un copain malade qui est hospitalisé. La lettre parle de greffe, etc. Bref, ce n'est pas bon. Les mômes me demandent un poster pour leur copain. Je décide de téléphoner à ces gamins qui me racontent, en effet, que leur copain va mourir (la greffe ne prend pas), et que son rêve aurait été de naviguer. Je me dis qu'il est pour moi impossible d'envoyer un poster au gamin, qu'il s'agit de faire autre chose – plus et mieux. Je me démerde, j'appelle l'hôpital, je tente de le joindre (c'est compliqué parce qu'il est dans une chambre stérile). Et je lui dis : ne t'inquiète pas, je t'emmène avec moi à bord. Je m'arrange pour que des gens lui apportent un Télex. Et durant le tour du monde, je lui ai écrit chaque jour. Si bien que le gamin en savait plus que n'importe qui sur mon équipage, sur le parcours, sur tout. Au fur et à mesure que je lui écrivais, son état de santé s'améliorait. Je tirais le môme vers la vie. C'était extraordinaire. À la fin du tour du monde, il est venu me voir avec ses parents. Je ne l'avais pas laissé sur le carreau avec ses rêves. C'est la seule chose qui comptait pour moi. Cinq ou six ans plus tard, il est mort. Avec mes moyens, j'avais fait le maximum. Et ce môme, il m'a donné du courage les jours où je n'en avais pas. Quand, durant ce tour du monde, j'affrontais des conditions de merde avec de la glace dans les mâts et le bateau qui charge, je pensais au môme et je me disais : il faut relativiser. Là, on est à Saint-Tropez avec des poules !

J'ai toujours tout relativisé.

J'ai beaucoup donné à ce métier de la mer et je donne toujours beaucoup, mais il m'a toujours rendu ce que j'ai donné. À terre, on ne me rend pas ce que je donne.

Certes, la mer m'a pris mes amis – Dominique Guillet, Alain Colas, Olivier Moussy, Daniel Gilard, Éric Tabarly… Mais elle m'a donné plus qu'elle ne m'a pris ; sinon, nous aurions rompu.

Je pense parfois à cette Polynésienne que je ne connais pas, que je n'ai jamais vue, dont le jeune fils de 20 ans a disparu en mer et qui me demande, sur un coin de quai, d'aller, pour son enfant, jeter une lettre dans l'océan. Je me dis que c'est fou ce qu'elle me demande. Quand je vois autant de peine, autant de chagrin, je pense que tout ce qui peut, d'une façon ou d'une autre – et quel qu'en soit le processus –, atténuer, diminuer, soulager la souffrance, est utile. Tout ce qui peut donner un sens, ou faire espérer, est utile. De plus, il y a tout ce qu'on ne sait pas car, dans son désarroi, l'autre a accès à des parties insoupçonnées de notre univers mental…

Que me dit-elle, au juste, cette femme ? Que sa lettre a du sens si c'est moi qui la remets à l'océan. Et moi, je crois profondément que sa lettre a du sens. En somme, elle me demande de donner du sens à son geste. Alors oui, je suis à sa disposition. Comment pouvait-il en être autrement ?

La jeunesse qui meurt, c'est une insulte, une insulte à tout. La mort des êtres jeunes, c'est insupportable, monstrueux, indécent. C'est l'avenir qui est tué.

D'ailleurs, la vie a du sens mais la mort n'en a aucun. Dans la vie, il y a des beautés, des joies, des goinfreries, des rires, des éclaboussures… Mais la mort…

On n'a pas le droit de jouer avec la vie, c'est pourquoi il faut qu'elle soit remplie de belles heures. Il faut tout faire pour ça.

À part la mort, il n'y a rien de grave.

De toute façon, si l'on regarde de près la vie, il ne se passe rien, il ne se passe jamais rien sauf dans le silence des cœurs. Les seules histoires qui se passent dans une vie, ce sont les mouvements du cœur. C'est là que se produisent les orages, les tempêtes. C'est là aussi que, parfois, il fait un grand beau temps.

Le langage, au vrai, ne dit jamais rien : il n'est que le tuteur du non-dit. La forme du mot ne permet que d'approcher la fleur de la pensée.

Il y a quelque chose, dans le rapport à l'autre, qui ne participe que du non-dit.

5

L'échappée belle

Nous sommes huit enfants dans la famille (je suis le septième). Ma mère disait qu'elle avait élevé quatorze enfants : les sept autres et moi ! Bref, mes parents nous ont bien élevés. Mon milieu était conservateur, pas passionnant, mais on nous a donné deux ou trois trucs essentiels. Mes parents étaient capables de faire preuve de cohérence. On n'était pas obligés d'être d'accord avec eux, mais ils étaient cohérents avec ce qu'ils pensaient de la vie. Ils étaient catholiques, vivaient comme des catholiques, allaient à la messe, donnaient aux pauvres (en fonction de leurs moyens). Ils étaient cohérents dans leur système.

Je me souviens que mon père avait un ami qui possédait un laboratoire pharmaceutique au moment où la pilule contraceptive est apparue. Cet ami a voulu que mon père prenne des parts dans sa société. Il a refusé car cela ne correspondait pas avec l'idée qu'il avait de son catholicisme ou de sa croyance : on ne gagnait pas d'argent avec la pilule.

La génération de mes parents avait été bousculée par la guerre de 1914. Mes parents étaient des orphelins de cette guerre. Ils ont été élevés dans le souvenir par des femmes. Contrairement à une idée reçue, ce sont presque toujours les hommes qui font bouger les choses dans le monde. Les femmes sont souvent conservatrices, pas les hommes. Les veuves élèvent les enfants dans le souvenir.

Nos parents nous ont élevés comme ils l'avaient été en 1880. Cette génération, élevée par des femmes qui avaient du chagrin, n'a vu que s'écrouler les choses. Les pères étaient morts au champ d'honneur.

Quand mes parents se sont mariés, la guerre de 1940 est arrivée. Ils ont vécu dans un autre monde.

J'ai huit ans en 1952, et la guerre est toujours là, présente dans notre pays, présente à travers la reconstruction, présente à travers la fin des tickets de rationnement. Elle est dans tous les cœurs meurtris. Toutes les explications du « corps social » se rapportent à la guerre. D'ailleurs, elle existe physiquement, sous mes yeux : les immeubles éventrés, les hommes dans les rues qui font des tranchées sont des prisonniers. À Cherbourg ou à Brest, je vois des réfugiés des pays de l'Est qui veulent partir en Amérique. Il faut attendre 1960 pour que l'économie reparte, pour que la société de consommation démarre. Ma petite enfance suit les traces de la guerre. J'imagine difficilement que le conflit ne va pas revenir. Je n'ai pas vu la paix. Nos professeurs reviennent de la guerre. Les gens qui boitent, les fauteuils roulants, les plaques marquées « GIG »… Nos pions, dans les collèges, s'ils ont plus de 40 ans, ont été faits prisonniers, ils ont été blessés… Pire, les vieux pions qui furent les miens ont été gazés pendant la guerre de 1914… C'est marquant. Quand j'ai 10 ans, c'est Diên Biên Phu. J'ai des oncles en Indochine. Puis vient la guerre d'Algérie. Je pense donc, comme tous ceux qui ont mon âge, qu'il faut que je me prépare à faire la guerre. C'est une évidence. Mon frère aîné part faire la guerre d'Algérie. Mon environnement n'a été que guerrier. Les dix-huit premières années de ma vie, je les passe dans les traces de la guerre, traces visibles dans la blessure qu'elle laisse chez les gens – ma mère, par exemple, qui a 35 ans. Politiquement, tous ceux qui se présentent, dans ces années-là, aux élections (PC et autres) sont d'anciens résistants. Il faut attendre longtemps pour avoir un président qui n'ait pas fait la guerre. L'après-guerre est très long : il comprend l'Indochine et l'Algérie.

Très jeune, je vais visiter Dachau. Je voulais voir jusqu'où… Le problème, c'était « jusqu'où… ».

Là, je comprends que si le groupe est capable de ça, alors il faut se méfier du groupe. Je vois aussi le rideau de fer… Je saisis aussitôt qu'il faut se tenir à l'écart. Attention, danger… Ça dérape vite. Je suis physiquement dans un monde dont il faut que je m'échappe, et ça, je le sens tout de suite. Au collège, je lis un livre par jour pour sauter les murs. Le bateau, c'était idéal pour s'échapper : c'était un monde où les autres n'allaient pas parce qu'ils avaient peur, ou n'avaient pas envie… Bref, ce monde-là n'appartenait qu'à nous. Très vite, je comprends que j'ai les clefs d'un monde différent : le vrai.

Le monde de mon enfance est viscéralement *conservateur*, non seulement en France, mais partout. Les gens ne sont pas libres. Je le constate chez nous, mais aussi dans les pays de l'Est, en URSS. Quand je m'aperçois que des gens de mon âge ne peuvent pas circuler (et c'est circuler qui déjà m'intéresse), je me dis que ce monde est complice de sa propre torture. Qu'il faut s'éclipser au plus vite.

Et puis, il y a les événements de 1968, à Paris : je fais mon service militaire à La Trinité-sur-Mer en « vivre isolé » – je suis soldat mais je vis tout seul. Quand je les ai entendus parler de leur « révolution », j'étais tordu de rire ! Les seules choses qui m'aient amusé furent les slogans : « Il est interdit d'interdire. » Mai 68 est une histoire d'enfants gâtés. Ces types qui *révolutionnent* n'ont pas connu le même monde que moi. Ce n'est pas Mai 68 qui fait changer les idées, c'est parce que les idées ont changé que Mai 68 arrive. La guerre d'Algérie est finie, les guerres sont finies. Mai 68 n'a changé que la vie de quelques-uns à qui on a expliqué, à coups de barricades, qu'il y avait peut-être autre chose à faire que de filer en usine. En plus, ils ont, pour un certain nombre, fini par aller directement à l'usine.

Bon, l'ancien monde est mort. S'ouvre à moi une période favorable. L'argent arrive, je n'en ai pas, mais je vois que l'économie frémit. J'ai 20 ans, j'ai beaucoup lu et je me dis qu'il y a un loup dans la combine : je m'aperçois que les vieux se taisent, ne parlent pas – et comme ils ont fait le trajet avant, ils devraient nous donner le mode d'emploi pour l'avenir, mais rien ! Ils sont vaincus. Alors je sens qu'il ne faut surtout pas s'adapter à ce qui existe mais créer ce qui vous convient. J'ai compris cet ancien monde, je sais que moi aussi, d'une certaine manière, je suis un « vaincu », un « battu ». Que je ne pourrais rien changer. Juste « tenir » sur mes désirs. Il y a des choses de moi que je ne veux pas abandonner. Alors je vais apprendre à mentir. Je vais apprendre à formuler ce que les autres veulent entendre. Pour qu'on me fiche une paix royale.

Quand je m'engage dans l'armée, avant que Tabarly ne me propose de l'accompagner, je choisis un régiment d'élite (PM parachutiste, commandos, 11e régiment de chasseurs parachutistes). L'arme la plus guerrière est la moins dangereuse : on est beaucoup plus en danger à garder un dépôt de lentilles près de Rouen avec une bande d'ânes qu'à combattre avec des professionnels. Les professionnels, par définition, ça sait faire... En bateau, on est plus en sécurité avec quelqu'un comme moi plutôt qu'avec un type qui est patron de l'école de voile de La Napoule.

Donc, en clair, je « creuse des tunnels » pour m'évader du vieux monde conservateur. Je sers aux autres les discours qui leur conviennent : un évadé doit ressembler à tout sauf à un évadé.

Le bateau m'a semblé le moyen le plus naturel pour m'évader. Quand je commence mon service militaire, je navigue déjà depuis des années. Bien que n'étant pas issu d'une famille de marins, j'ai été scout marin et, à 13 ans, je suis moniteur de voile – il n'y a d'ailleurs que cela qui m'intéresse. À 13 ans, j'apprends à naviguer à des types de 35 ou 40 ans qui viennent de Paris.

Durant l'été 1948, j'ai 4 ans, je monte pour la première fois sur un bateau de pêche dans le port de Locquirec (près de Morlaix). À 4 ans, je découvre ce que c'est que d'être sur l'eau. Je m'en souviens comme si c'était hier. Je suis petit, donc j'ai le nez au niveau du banc où le pêcheur coupe le poisson pour appâter. Je me souviens de tout, des couleurs, des peintures, des odeurs… Il n'y a pas une seconde oubliée de ces moments-là… Nous sommes une partie de la famille du château d'à côté et nous allons sur l'eau avec un pêcheur. Événement. Je suis complètement émerveillé. Oui, émerveillé. J'avais déjà, à l'époque, un ami beaucoup plus âgé que moi qui montait des lignes et j'allais à la pêche avec lui sur la plage du Moulin de la Rive, près de Lorient. De temps en temps, il me donnait un poisson. Il faut s'imaginer cette vie, en 1948. Une famille de sept enfants (je suis, à cette période, encore le dernier), nous habitons le château local à 1 kilomètre de la plage. Nous y venons à vélo – ou en voiture, car nous en avons une. Pas un touriste, pas un baigneur… C'était hallucinant, ce monde-là, en 1948. Enchanteur. J'ai vécu, vraiment, des heures de lumière. L'été, mes sœurs font du tennis, elles jouent *La Lettre à Élise* sur le piano familial… Ce monde est très loin et il vient de très loin. Dans les fermes alentour, il n'y a pas de gazinière. L'électricité arrive dans la campagne bretonne en 1958 avec le général de Gaulle. Nous, nous l'avons bien avant car il y a un moulin proche de la propriété, lequel abrite une dynamo – mais enfin, nous n'avions l'électricité que dans le bas de la maison, nous montions dans les chambres avec des lampes à pétrole. Le monde dans lequel je vis enfant à Guimaëc (non loin de Morlaix) n'a pratiquement pas bougé depuis la Révolution de 1789. Quand le premier tracteur arrive, j'ai 10 ans. J'ai vu des labours, des moissons avec les chevaux. J'allais au moulin chercher de la farine. Mis à part la nôtre et celle de ma tante qui habitait à 8 kilomètres, il n'y avait que le médecin qui avait une voiture. C'est dire si la campagne n'était pas envahie par les bruits des moteurs à explosion. La nuit, quand un renard partait, on entendait aboyer de ferme en ferme et l'on savait qu'il était en train de passer là ou là. Rien à voir (ou plutôt à entendre) avec la campagne d'aujourd'hui : ce n'est pas la même bande-son. Il y avait du silence. Un authentique silence de campagne.

À l'époque, je me souviens, quand on démarrait la 302, j'allais me mettre près du pot d'échappement car, pour moi, ça sentait la promenade. Nous allions parfois jusqu'à Brest. Quelle aventure !

Les paysans nous voussoyaient, me donnaient du « Monsieur Olivier » et nous les tutoyions. Je ris de ce vieux monde.

Nous avions une périssoire à la maison (c'est l'ancêtre du kayak, un canot de bois long, avec une voile et des dérives latérales). On la laissait chez un pêcheur dans le port de Locquirec et, de temps en temps, on allait se balader sur la mer. On allait souvent dans l'eau. Nous avons tous (les enfants de la famille) appris à nager tôt.

Après, plus tard, avec les scouts marins (j'ai 10, 12 ans), j'ai navigué à la rame. Je descendais depuis Le Mans (chez les Jésuites), la Sarthe, le Loir, la Loire puis, à l'aviron, je remontais en Bretagne. Je me souviens qu'on avait des flingues ; on tuait les poules d'eau. L'après-guerre tolérait ça. Tout le monde avait des flingues à l'époque ! Tout le monde ne pensait qu'à la guerre, aux armes. Vers 12 ans, je chassais toute l'année en Bretagne (nos chefs scouts ne le savaient pas). La virilité présentée dans les années 1954 à 1960 – je parle de l'imagerie populaire – est essentiellement armée : le résistant, dans la plupart des cas, est présenté avec une arme, le FTP aussi, le parachutiste encore. L'homme admirable qui a libéré la patrie est représenté armé. Tous les mômes, dans le monde rural, veulent un flingue pour coller à cette image.

Je m'inscris à l'école de voile car c'est le seul moyen de naviguer lorsque l'on n'a pas de bateau. Très vite, je ne deviens pas le patron mais celui auquel le patron n'ose rien dire. C'est ce que je suis toujours, d'ailleurs, dans la vie : un type auquel les patrons n'osent rien dire !

Puis, je pars à La Trinité (j'ai des cousins sur

place), pour naviguer sur les bateaux des autres. Enfin, les bateaux ! Il y en a 20 dans le port. Il m'arrive, avec des amis, de piquer la nuit des yachts à des propriétaires qui vivent à Nantes (à l'époque, Nantes, c'est loin) et de les ramener au port de La Trinité au petit matin, sans que le proprio se soit aperçu de rien – on irait en prison pour ça aujourd'hui. J'ai 16 ans, il faut bien emmener les filles se promener... L'été, je garde les bateaux. Bientôt, je suis embarqué comme équipier. C'est le début du monde professionnel. Mis à part Tabarly (qui est professionnel en 1964), il n'y a pas de gens dont la mer soit le métier. Je rencontre (tout le monde se connaît à La Trinité) les frères Vanech, dont le père a un chantier naval : on va chercher des bateaux en Hollande et on les ramène en France. Je commence à faire de grands voyages. Je rencontre aussi Tabarly, qui est officier de marine et qui me dit : « Si tu fais ton service dans la marine, je t'embauche. » En principe, à cette époque-là, je suis à la fac de droit à Paris (puis au Mans), mais je n'y vais jamais. Le temps presse, mon sursis est en train de tomber (j'ai 22 ans), je dois faire mon service. Ma convocation m'amène chez les parachutistes, alors je fonce au ministère des Armées pour rencontrer le secrétaire de Pierre Messmer, lequel secrétaire fut pensionnaire dans le même collège que moi chez les Jésuites (ça crée des liens !) ; je lui demande de m'affecter dans la marine et il le fait. Sans la proposition de Tabarly, je n'aurais pas demandé mon affectation dans cette arme : ce qui m'intéressait, ce n'étaient pas les bateaux gris, les bateaux de la guerre, mais la marine sportive à voile. Rien à voir !

D'abord, je pars à Hourtin, chez les matelots de base. Comme ils ne savent pas trop quoi faire de moi, je suis placé dans les « foyers de la marine » à Angoulême en attendant que je parte en course avec Éric. Il n'y a rien de prévu dans cette administration pour des mecs comme moi. Le bateau de Tabarly est en chantier à Lorient (chantier de la Perrière), je dois attendre pour partir avec lui. Alors je suis embarqué sur le *Suffren*, commandé par Philippe de Gaulle et basé à Lorient. Ainsi, tous les trois ou quatre jours, le bateau d'Éric étant en armement, je pars le rejoindre à bord en mission. Très vite, sur le *Suffren*, ils ne veulent plus de moi. Je suis insupportable pour eux. Ils me détachent, « en disposition », à la DP (direction du port) ; je ne suis qu'avec des sous-officiers qui s'occupent des remorqueurs. Ils ne pensent qu'à bouffer. Je « glande ».

Yves Guégan est avec moi, il fait son service aussi : nous allons bientôt courir sur *Pen Duick III*, une goélette de 19 mètres. J'ai 23 ans et nous allons courir avec Éric : la Gotland Race (Suède), la Middle Sea Race, la Fastnet Race (Angleterre), Plymouth-La Rochelle, Sydney-

Hobart, Sydney-Nouméa, Ouvéa-Sydney… Je suis toujours militaire, en « vivre isolé », selon l'expression consacrée. Je n'ai pas un rond (je touche l'équivalent de 20 francs par jour). *Pen Duick III* est financé par Éric en fonds propres, il est officier de marine, on lui fiche la paix, on le laisse courir avec son bateau (le ministère de la Jeunesse et des Sports l'aide un peu). Quand on déchire un spi, nous savons très bien que nous sommes surtout en train de lui déchirer deux mois de salaire ! Il n'y a pas d'argent. Je suis *prêté* par la marine à Tabarly. On se démerde. Nous partageons nos frais de bouffe. Quand on est à Sydney (1967-1968), on représente la France, nous n'avons même pas de quoi aller boire un Coca. Et ça n'a aucune importance. À l'époque, il n'y a pas d'argent dans le yachting : il arrivera avec la première Route du Rhum, en 1978 (ce qui scandalisera tout le monde).

Je suis resté huit ans avec Éric.

C'est lui qui m'a donné les clefs pour m'échapper, m'évader – comme je le dis plus haut.

Avec Éric, on s'est trouvés pour l'échappée belle – au sens propre du terme.

Quand je suis démobilisé, je reste avec lui. Évidemment. Je tombe sur un mec dont le seul programme est de naviguer. Il est certain que je n'allais pas laisser passer ça.

Nous embarquons bientôt sur *Pen Duick IV*

(goélette de 21 mètres). Direction : Tahiti, Panama, les Antilles, le record de l'Atlantique en dix jours…

Tabarly avait, pour moi, toutes les clefs du monde que je voulais connaître. C'était un immense marin et, en mer, un homme délicieux à vivre.

Je sens alors que, devant moi, il y a un terrain de jeu inépuisable. Grâce à Éric, je navigue sur les plus beaux bateaux du moment, les plus intelligents, les plus étonnants, les plus performants. D'ailleurs, tout ce que fait Éric est étonnant. Il faut se rendre compte qu'à l'époque le monde industriel français se demande comment aider Tabarly – tant il est créatif, ingénieux. Il suscite la passion. C'est le bureau d'études de chez Dassault qui règle nos problèmes techniques !

Je deviens véritablement le second de Tabarly sur *Pen Duick VI* pendant le tour du monde (1973), quand Éric dit à l'équipage : « Quand Olivier parle, c'est moi qui parle » (il le dit en Australie). Avant, j'étais second de fait.

Nous sommes en mer constamment. Nous faisons, et c'est crucial, ce que personne ne fait et ce que personne n'a fait. C'est insolite. Et passionnant.

Nos rapports, avec Éric, n'étaient pas faits de mots.

Je n'ai jamais pensé à faire carrière. Je ne savais pas, à l'époque où je courais avec Éric, qu'on pouvait faire carrière avec le bateau : ce n'était pas pensable. Il n'y avait que Tabarly qui avait réussi : c'était, comme Bardot, une star énorme.

Pour moi, l'avenir n'était pas lisible et je m'en moquais.

6

En solitaire et en solitude

Tout a changé dans le yachting, tout a basculé avec les multicoques, qui sont rapides, excitants, casse-gueule. Ce sont ces multicoques qui ont justifié ma jubilation pour la course, les records. Eux seuls. D'ailleurs, je ne m'occupe que d'eux depuis 1969. Pour moi, le monocoque n'a plus aucun sens. Les multicoques allant deux fois plus vite, ce sont eux qui captent toute mon attention.

Le premier multicoque digne de ce nom que j'ai vu, c'est *Pen Duick IV*. Avant, il y avait des petits catamarans pour la voile côtière et la régate. Mais il n'y avait pas de bateaux de mer. *Pen Duick IV* a représenté un grand tournant dans le monde maritime. Je me souviens que, lorsqu'on est arrivés avec ce bateau en Amérique, tout le monde (le Yacht-Club de Los Angeles) nous riait au nez. Mais, quand ils sont partis faire Los Angeles-Honolulu, nous partions après eux et nous arrivions deux jours avant ; ce n'était plus pareil. Personne, à l'époque, ne connaissait de multicoques avec ces capacités-là. On marchait, alors, avec un meilleur cap qu'eux, à 5 nœuds de plus. J'ai senti que c'était là que ça se passait. Nous fûmes les premiers, avec Tabarly, à partir autour du monde avec un multicoque. C'était un vrai bateau de course, pas une caravane : une machine faite pour aller le plus vite possible avec le savoir de l'époque. Il y a le même écart entre le monocoque et le multicoque qu'entre l'avion à hélice et le jet. C'est la même révolution. Avec Tabarly, on s'est dit qu'il n'y avait que ça de vrai. Il nous a fallu du temps pour comprendre l'engin : on ne commençait à le maîtriser vraiment qu'une fois arrivés en Nouvelle-Calédonie – c'est-à-dire après un demi-tour du monde et à la suite des avatars qui vont avec. On commençait juste à avoir une idée du bateau. Et avoir une idée de ce bateau, c'était avoir suffisamment appris pour déjà imaginer le prochain : être capable de poser sur la planche à dessin un certain nombre d'éléments pour le futur. C'est le temps en mer qui comptait. Et avec Éric, je passais neuf mois de l'année en mer. Nous étions sur l'eau tout le temps, aux quatre coins du monde.

En 1978, pour la première fois, je cours en solitaire. C'est la première Route du Rhum avec *Kriter*. La course en solitaire reste, pour moi, ce qui est le plus amusant, le plus gratifiant et le plus intense. Dans la solitude des mers, l'imaginaire oscille entre deux pôles, deux extrêmes : soit il s'endort, soit il s'enflamme – alors il brûle.

Le tour du monde en solitaire et en multicoque reste la dernière (et peut-être la seule) aventure romantique des temps dits modernes.

On n'échappe jamais à soi-même en fuyant sur l'océan ; c'est l'inverse qui a lieu.

La course en solitaire permet des introspections. Le fait de n'avoir personne à côté de soi certifie la vie. Dans les aventures compliquées en mer, on va chercher notre simplicité primitive : celle de la survie. On s'affronte soi-même, on se coltine ses défauts, sa médiocrité. On regarde la mer avec des yeux lavés de tout. Loin des chagrins en pilule. On connaît l'enfer. Et souvent le paradis.

Le parcours de la Route du Rhum ? C'est marrant parce qu'on part de l'Europe (à la Toussaint, en novembre) vers le soleil des Antilles. Il faudrait être un imbécile pour ne pas vouloir faire cette course. D'ailleurs, tout le monde voulait courir. Bref, on quitte la pluie de Saint-Malo pour la chaleur et la lumière antillaises.

Cette course, en plus, était montée par des Français, ce qui n'est pas rien à une époque où il n'était de bons becs, en matière de yachting, que ceux qui venaient d'Angleterre. Puis, en quelques années, nous avons tout bousculé. Tabarly, en

1964, les avait écrasés, les Anglais, sur leur course en solo dans l'Atlantique nord. Après, nous sommes remontés en 1968 avec *Pen Duick III* et nous avons tout raflé. Ensuite, les Anglais n'ont plus existé. Leurs nouvelles tentatives avec MacArthur ont échoué. Le yachting anglais a été laminé, la course au large fut alors dominée en termes de connaissances et de résultats par les Français. Le yachting français a explosé. Le yachting est *devenu* français parce qu'en plus on avait l'argent. Par conséquent, on a eu les meilleurs skippers. Quand Tabarly a *Pen Duick III* (qu'il finance avec l'argent qu'il a gagné grâce à la Transat en solo sur *Pen Duick II*), la marine lui prête des hommes et, à bord, il y a les frères Vanech, il y a Yves Guégan, moi… Des membres d'équipage qui deviendront après des coureurs. Comme il y a des bateaux de course, il y a des coureurs, des capitaines… Et, par conséquent, un savoir qui se transmet.

Donc, en 1978, je pars avec *Kriter* sur la Route. Il y avait interdiction des pilotes électriques. J'ai barré vingt-quatre heures sur vingt-quatre. J'ai perdu 9 kilos. La difficulté de la Route, c'est qu'il faut sortir de l'hiver et accrocher l'alizé dès que c'est possible. Il faut aller chercher le plus vite les meilleures conditions. Je perds la course car je suis obligé de piloter constamment. J'arrive quatrième, épuisé. C'est une règle obscène que d'interdire les pilotes électriques sur un bateau comme *Kriter IV*. C'est toujours la même chose : il y a des branleurs qui, à terre, pondent des règlements. J'avais un bateau qui était condamné à ne pas réussir car, sans pilote, il était intenable. À l'époque, on acceptait ces règlements alors qu'on aurait dû tout diriger nous-mêmes. C'est quand même nous qui connaissions le mieux la mer. Je reste, des années après, furieux de cette histoire. En plus, j'avais le meilleur bateau.

Très vite, je n'ai plus voulu faire de courses. Tout était *pris* par ces fameux règlements, des types qui se mêlaient de tout et ne connaissaient qu'une partie de ce tout.

En record, on est vraiment tranquille. On se bat contre un temps. Et aussi, il n'y a pas de blondes décolorées, spécialistes de la communication, qui s'imaginent que ce sont elles qui règlent le monde en parlant à la presse. Tout est beaucoup plus simple. « Immergé » dans le maritime, la course commence avant le départ puisqu'on choisit la météo pour partir. J'ai voulu ne plus faire que des records. Ne pas dépendre d'une organisation. Tout décider moi-même. Dans les courses, on part au coup de canon ; en record, c'est moi qui décide quand je pars, ce n'est pas la même limonade.

Le record, c'est impitoyable : la seconde, elle tombe, qu'on le veuille ou non. C'est terrible de courir sur le temps des autres : quand on passe une zone à 4 nœuds de moyenne et qu'on sait que le type qui a le record est passé à 20, on se prépare des heures de misère.

Le premier record que je tente, c'est le tour du monde (Brest-Brest) en solitaire par les trois caps (1986). Cent vingt-cinq jours de mer. À l'époque, je casse beaucoup de matériel. J'ai une radio, pas de téléphone et un seul pilote. Les satellites n'existent pas – il n'y a donc pas de prévisions météo. On lève la tête vers le ciel et on essaie de comprendre ce qui se passe. Chavirer voulait dire mourir. C'était aventureux. Je courais en solitaire et en solitude. Aujourd'hui, les types courent en solitaire mais plus en solitude.

Ce record Brest-Brest, je le prends à Philippe Monnet d'une journée. C'était extraordinaire. L'AVENTURE. La vraie. Il n'y avait pas de GPS : pendant dix-sept jours, je n'avais pas de position sûre. Je ne pouvais pas faire de « droite de hauteur ». Dix-sept jours de brume. Par l'estime, j'avais seulement une idée de là où je me trouvais. J'étais au Moyen Âge. En d'autres termes, j'avais ma position à 70 ou 100 kilomètres près. Je me suis retrouvé à piloter des inconnues. Seules les qualités de marin comptent. C'est beau et fort.

Le tour du monde, il y a plus de vingt ans, on ne savait pas si on allait en revenir. Il n'y avait personne sur l'eau, autour de soi, pas un être vivant qui puisse venir pour vous filer un coup de main. À partir du sud de l'Afrique, du sud des îles Kerguelen et de l'Australie, tout au sud, tout en bas, il y a, à gauche, tous les êtres humains et, à droite, la gueule du pôle Sud. Bref, le satellite du pauvre. J'ai vraiment eu le sentiment d'aller mettre mon doigt dans le trou du cul du diable : et il ne fallait pas qu'il se retourne ! Je savais que je risquais de ne pas revenir de cette échappée belle. C'était irréel et intemporel.

J'ai emmené des multicoques (que je passais mon temps à bricoler, à réparer, car les bateaux de l'époque n'encaissaient pas des efforts aussi longs) là où ils n'étaient jamais allés. Tout ça est amusant. Diablement amusant. Dans un monde aussi hostile, on fait comme on peut. Et, je le redis, je n'avais aucun moyen de communication. J'avais changé de siècle. Et puis, le temps n'a pas la même densité. J'ai beaucoup appris. À l'époque, on avait très peu de données sur ces zones-là. J'ai survécu parce que j'étais concentré.

Avant le Horn, après être descendu au 60e sud, j'ai reçu un Télex de Tabarly et Petitpas qui me disaient : « Bravo, t'es en train de passer dans un endroit où personne n'a osé mettre les pieds. »

Ce qui était drôle, c'est que nous étions des milliards d'individus dans le monde et que j'étais manifestement le seul en train de faire ça. C'est une promenade géographique et un peu philosophique aussi. J'avais abordé un autre monde. Je ne gérais aucun des paramètres qui pouvaient s'appliquer à la vie de mes contemporains : je gérais une vie unique, dans un moment unique, dans un décor unique avec des moyens uniques. C'est une chance. J'ai eu des moments de lumière absolue. J'ai dû prendre des décisions d'une incroyable violence : par exemple, je m'arrête réparer à Cape Town, je n'ai qu'un pilote de navigation (aucun autre qui fonctionne), je n'ai pas le temps d'attendre qu'on m'en fasse parvenir un, je rentre dans le Sud avec un seul. S'il claque, je suis vraiment mal. Je suis en équilibre sur un fil. Cette sensation est unique. Entrer dans le Grand Sud avec un seul pilote, c'est une vraie décision.

Le plaisir, il se trouve aussi dans l'équilibre dont je viens de parler. Les risques sont faits pour être pris – contrairement à ce que tout le monde dit. Le risque, il est biologique, si l'on préfère. Si on ne prend pas les risques, alors ce n'est pas la peine de vivre. Il faut, pour comprendre, s'imaginer devant un panneau sur lequel il y a marqué le mot « risque ». La plupart des mecs vont barrer le mot. Moi, je le laisse. Le risque, il fait partie de tout le reste. Il ne faut pas l'exclure. C'est vrai que sur mon panneau le mot est écrit en gros. Ou, plutôt, il est écrit en caractères plus ou moins gros en fonction du moment. La plupart de nos contemporains, en voyant ce mot-là, ils se mettent à hurler. Il ne sert pourtant à rien de vouloir le fuir. Est-ce qu'il n'est pas plus dangereux de ne pas risquer sa vie ? C'est la seule vraie question. Nos peurs sont-elles ensemble justifiées et justifiables ? À mon sens, il est beaucoup plus dangereux de passer un mois avec des cons racistes (pléonasme !), miteux, que d'être dans des situations extrêmes comme celles que j'ai vécues. C'est beaucoup moins dangereux moralement. On est toujours en danger avec des cons !

Il y a une formule que j'aime bien chez Rabelais : « Science sans conscience n'est que ruine de l'âme. » Et une autre, chez les catholiques, qui, dans la pluie d'éducation que j'ai reçue, m'a mouillé un peu (par endroits) : « À quoi sert à un être de conquérir le monde s'il vient à perdre son âme. » Or, l'âme, pour ne pas la perdre, il s'agit d'être exigeant. Il y a mille choses médiocres qu'il faut refuser. La notion de risque est donc d'une relativité effrayante.

Au fond, je n'ai peur de rien. Et je pense, j'en suis certain plutôt, que la peur est mauvaise conseillère. Les sentiments humains se tiennent dans la tête, d'autres dans le cœur ; la peur, elle, tient au ventre. Quand je récupère d'Aboville près des côtes américaines après sa traversée de l'Atlantique à la rame (où il a été chaviré 50 fois), il me parle de son ventre.

La peur ne construit jamais… Elle n'est faite que pour être méprisée et, pourtant, aujourd'hui, elle est presque *cultivée*. La peur, c'est la ligne Maginot, l'obscénité ! Il ne faut pas donner de place à la peur. L'un des grands privilèges de l'esprit, c'est de pouvoir piloter à peu près ce que l'on veut. La peur ne doit pas être prise en compte dans nos analyses et notre comportement – on peut prendre en compte l'amour, la pitié… pas la peur.

Aller au risque, c'est toujours emprunter la voie la plus dure, mais elle emmène quelque part. Les voies faciles n'emmènent nulle part. Je le pense et je l'applique.

Le métier de marin est formidable : on est sur un élément que l'on ne contrôle pas bien et on se propulse avec un autre élément que l'on a la prétention et parfois le talent de contrôler. On ne peut survivre que si on est le patron : si on laisse soit l'un soit l'autre décider à sa place, on est mort. Ce que j'aime, dans la vie, c'est décider, ne pas laisser les événements ou les éléments décider à ma place.

La navigation, donc, est un art de l'équilibre.

Il ne faut jamais se laisser emmener par les éléments, il faut aller *avec*, il faut tenter de les accompagner et de les comprendre. D'abord, je refuse toujours de me laisser emmener – c'est un principe de vie !

Je ne veux pas qu'on m'emmène. C'est comme ça. Ce n'est pas négociable. D'ailleurs, dans la vie, les choses sont, en fait, assez peu négociables si l'on y regarde de près.

Souvent, j'emploie, à tort, cette expression : « le monde dans lequel on vit »… Je devrais dire plutôt « le monde dans lequel *vous vivez* », ou encore « le monde dans lequel *vous avez accepté de vivre* ». Moi, je vis dans un monde dont j'ai fixé les règles. Vivez donc ensemble, mais sans moi. Ce n'est pas du mépris. Loin s'en faut. L'être humain ne me désintéresse pas et, quand il est exceptionnel (à mon sens), alors je jubile. C'est tout.

Tout le monde écrit des livres sur l'amour, très peu écrivent sur l'amitié. Pourtant, c'est un peu la même chose. Ce sont des moments privilégiés qui permettent d'anticiper le meilleur de l'autre au point qu'on en est touché. L'amitié, comme l'amour, naît de l'*appréhension* de l'exceptionnel de l'autre. D'où l'émotion.

J'ai une vraie chaleur dans l'affection.

J'adore les gens qui excellent dans quelque chose. Chacun son aventure. J'aime, alors que j'ai deux mains gauches, les gens qui sont experts en travail manuel. J'aime la mécanique. En somme, ce qui me captive, c'est l'intelligence appliquée.

Un menuisier (ou un paysan, un ébéniste…) vit dans un monde réel dans lequel il peut avoir des ambitions de perfection. Les bourgeois, eux, ne s'intéressent qu'à l'argent – il ne peut pas y avoir d'exigence de perfection dans leur monde. C'est tellement vrai que, quand un bourgeois se conduit bien, on dit que c'est un « seigneur ».

7

La chance de la découverte

Quand, en 1967, on a commencé à courir le monde avec Tabarly, le yachting était un sport d'amateurs, de *gentlemen*. À l'exception d'Éric, dont c'était le métier, et de quelques marins épars, l'ensemble des équipages était constitué de riches propriétaires de bateaux qui venaient courir avec leurs amis – ils pratiquaient ce sport avec un bon niveau mais il ne s'agissait pas de professionnels. En quelques années, avec les courses en solitaire (la Transat, la Route du Rhum…), ce sport est devenu particulièrement aventureux. L'arrivée des sponsors a bousculé radicalement ce monde. Ils ont ouvert la porte à des individus très motivés, capables de tout pour aller courir – et qui partaient sur des bateaux très supérieurs à leurs moyens financiers réels. On a retrouvé des gens comme moi sur ces bateaux – je pense à *Kriter*. Dès les années 1975-1976, donc, il y a des sponsors pour armer des bateaux – ou les faire construire parfois, mais beaucoup plus rarement. Le tour du monde *Kriter*, Londres-Sydney-Londres, est un parcours très aventureux : jamais des bateaux de course n'étaient partis là-bas à l'époque (il y avait bien eu une course Whitbread autour du monde, mais elle était organisée par les yacht-clubs, les fédérations en étant les témoins sportifs mais non les moteurs). Nous, durant cette période, nous étions des aventuriers qui arrivaient au sport et qui allaient transformer ce sport en aventure. Avec le temps, la technique évoluant, l'argent venant, cette aventure est redevenue un sport.

Un tour du monde aujourd'hui est beaucoup moins aventureux qu'il y a vingt ans – je pense aux données accumulées, aux abaques (courbes de mesures). On peut aujourd'hui trouver les situations météorologiques depuis dix ans sur telle ou telle zone du globe. À l'époque, il n'y avait pas de relevés, pas de satellites. Si, aujourd'hui, je veux savoir tout ce qui s'est passé, durant l'hiver dernier, dans les 40e rugissants, les Américains peuvent m'envoyer toutes les cartes qu'ils ont sorties sur la période – j'aurai, par conséquent, une analyse et, en plus, sans doute, des mesures grâce à des bateaux qui auront été sur zone. Quand nous faisions les premières courses autour du monde, les seuls éléments dont nous disposions, c'étaient les livres de bord des quatre-mâts de 1914 qui étaient passés par là. De 1914 à 1973 (la première Whitbread autour du monde), il n'y a pas de *traces*. Ensuite, oui : la Whitbread continue, donc on en sait de plus en plus... À cette époque, j'ai déjà fait un tour du monde avant d'arriver comme patron sur *Kriter*.

À l'heure actuelle, un bateau autour du monde, avec ses systèmes de satellites et Internet, réussit à avoir en permanence toutes les météos établies sur sa zone (devant lui, derrière lui, les analyses des Américains, des Néo-Zélandais, des Chiliens...). À bord, il y a profusion de données. Nous, nous n'avions rien.

Plus d'argent dans la compétition, davantage de moyens techniques de transmission : tout cela a été considérablement développé et a changé tout à la fois le profil de la course et celui des skippers.

Ce qui est resté très aventureux, de nos jours, à mon sens, c'est le record du monde en multi-coque en solitaire (parce que c'est multicoque et parce que c'est solitaire).

Aujourd'hui, sur un trophée Jules-Verne, l'aventure est bien resserrée : on sait où l'on va, comment on y va, ce qui se passe au nord, au sud, devant, derrière, on n'est plus isolé dans l'océan à guetter une nébulosité qui change en fonction d'un baromètre qui baisse... On sait que le baromètre baisse et que c'est logique puisqu'une dépression qui fait telle taille, tel diamètre est à 1 000 milles de nous, qu'elle se déplace à 30 nœuds, et comme nous sommes à

25, on peut calculer qu'elle va nous grignoter 5 milles par heure, etc. Le métier n'est plus du tout le même. Il est aussi intéressant qu'avant mais il faut admettre qu'il a changé. Attention : la compétition qui a la chance d'avoir des mesures tout le temps est également formidable, car ce n'est pas l'ordinateur qui est à la barre du bateau, ce n'est pas l'ordinateur qui décide du changement de voile (encore qu'il puisse le faire), ce sont les hommes. Toutes ces données permettent, au fond, d'être meilleurs, d'aller plus vite… de découvrir des courants qu'on n'avait pas repérés – qui n'étaient pas vraiment répertoriés. Je me souviens qu'au large d'Ouessant, sur des départs, nous nous sommes rendu compte que nous avions des courants du feu de Dieu beaucoup plus tardivement qu'ils n'étaient prévus (en favorable ou en défavorable). Ainsi donc ces abaques permettent-elles de mieux naviguer.

Aujourd'hui, la seule question qu'on se pose est la suivante : qu'est-ce qu'on va bien pouvoir imaginer sur l'eau pour être plus rapide, plus léger, plus fort ? La connaissance fait qu'on n'a plus (ou moins) de surprises sur le matériel. Sur un tour du monde en solo, je me souviens que je cassais des manilles, des bouts, que je déchirais de la toile… Aujourd'hui, c'est terminé. Au cours du dernier trophée Jules-Verne qu'on a gagné avec *Géronimo*, on savait quel jour tel élément casserait et au bout de combien de temps

– on savait aussi que les voiles allaient tenir le tour sans se déchirer. Cette connaissance change incomparablement l'approche, la physionomie de la course.

Quand je suis parti avec Tabarly autour du monde, nous disposions de cartes qu'Éric avait récupérées auprès de la Marine nationale française. Parfois, sur ces cartes, il y avait marqué : *Terra incognita* (je me rappelle cette inscription sur la Tasmanie). Il s'agissait de relevés cartographiques qui dataient de quarante ou cinquante ans. Je me souviens aussi que j'étais à Sydney en 1973 alors même qu'une société française (la Sofratop) effectuait la cartographie du nord-ouest de l'Australie. Pour ne prendre que l'exemple de l'Australie, entre 1967 (c'est la première fois que je venais là) et, aujourd'hui, la cartographie maritime a beaucoup évolué. Voilà seulement dix ans que les Australiens ont effectué un maillage complet de leurs courants – maillage qui demeure très incomplet (je l'ai vérifié en naviguant). Il reste qu'il y a, autour de l'Australie, tous les 500 ou 600 milles nautiques, un système éolien qui mesure la force et la direction du vent ; on peut avoir, heure par heure, une mesure de tous les vents. Ce système n'était pas pensable il y a trente ans. Cette découverte a beaucoup changé la manière de naviguer et, surtout, elle a *colossalement* diminué le risque.

Le risque, aujourd'hui, est analysé, calculé, mesuré. On peut l'anticiper (ce qui ne veut pas dire qu'il n'existe plus ou qu'il a disparu car il est inhérent à toute entreprise humaine).

Autre évolution : il y a trente ans, à bord, on mangeait ce qu'on pouvait. Durant mes dix dernières années de course, de records, mes repas étaient analysés par des nutritionnistes – ils avaient calculé les besoins biologiques de l'équipage. On a commencé à faire attention à notre alimentation – avant, nous n'avions pas les moyens de faire attention, ça coûte cher de faire attention ! À l'époque, il fallait emmener l'eau douce dans des cuves. Aujourd'hui, quand le groupe électrogène tourne à bord, on fabrique son eau. Je me souviens qu'avec Tabarly nous récupérions l'eau douce dans les voiles – pour se laver mais aussi pour boire quand nous commencions à être un peu à court – sur la Whitbread, par exemple. *Idem* sur *Pen Duick IV* (plus rien à boire), en sortant de Panama, en montant sur Los Angeles-Honolulu : nous récoltions de la pluie pour boire.

Le monde de la course a plus évolué sur les quarante dernières années que sur un siècle. Ce n'est même pas comparable. Aujourd'hui, avant de partir faire un tour du monde, je peux facilement avoir une idée précise du temps qu'aura travaillé chaque voile sur l'intégralité du parcours (ce qui permet de sélectionner avec précision tout à la fois les coupes et les tailles de toile).

Le sport et la technique ont remplacé l'aventure – d'ailleurs, ce mot est beaucoup trop galvaudé : les people du « Loft » disent bien qu'ils « quittent l'aventure » !

Au court des premières Whitbread sur *Pen Duick*, il y a une radio BLU sur laquelle on peut parler de temps à autre, mais heureusement que nous avons un opérateur radio qui a l'habitude car ça passe une fois tous les quinze jours (en 1973, on émet en morse). Aujourd'hui, Ellen MacArthur durant son tour du monde en solitaire a dépensé 200 000 euros de frais de téléphone. Sur la Volvo Ocean Race, les enfants parlent au pilote : « Bonsoir, papa. »
Ce sont des mondes qui se succèdent.

Nous, nous avions la chance de la découverte. On savait peu de chose de ce que pouvait donner un bateau à voile dans le Sud… Quand on a fait *Pen Duick VI*, Tabarly avait fait fabriquer un bouclier à l'arrière (un véritable bouclier en aluminium de 1,40 mètre de haut sur 2 de large), pour protéger les barreurs des déferlantes – en fonction de ce qu'il avait lu sur les livres de bord des quatre-mâts.

J'appartiens à la génération qui invente le multicoque. Tabarly me disait : « Je n'irai jamais au cap Horn en multicoque. » Je l'ai passé, depuis, cinq fois en multicoque – et il y a bien 150 marins comme moi.

La première *bascule* de ce monde du yachting, comme je l'ai dit, c'est quand les sponsors arrivent pour armer des bateaux. La seconde, c'est quand ces mêmes sponsors financent totalement la construction des bateaux avec le dessein de faire telle ou telle course. En dix ou douze ans, les données s'accumulent, les savoirs s'additionnent. À Brest, avec Xavier Joubert (architecte naval), nous sommes les premiers à mettre les composites sur l'eau. Nous sommes aussi les premiers à nous servir des grands mâts carbone.

L'arrivée des sponsors amène beaucoup de monde sur l'eau – non qu'il se produise une démocratisation du yachting, mais une multiplication des expériences et des savoirs. À l'époque, il y a huit ou neuf grands bateaux capables d'aller autour du monde. Et aujourd'hui un peu moins.

Quand j'ai débuté, c'était passionnant d'aller jouer avec des données que l'on n'avait pas. Aujourd'hui, c'est aussi intéressant car on va mieux tirer parti de ce que l'on voit et que désormais l'on comprend (à la condition de se méfier de ce que disent les instruments, tout l'art de la navigation consistant à interpréter et à tenir en suspicion ce que disent les instruments). On voit mieux aujourd'hui, on comprend mieux les phénomènes, donc on navigue mieux ! Grâce à tout cela, on va plus vite sur l'eau.

Aujourd'hui, c'est l'argent qui fait la différence, c'est-à-dire la taille du bateau qu'on peut armer. Le talent du marin s'organise, d'une certaine façon, avec l'argent ; il faut faire attention à ces bagarres argent-talent (quand Ferrari devient meilleur, c'est parce qu'il y a un pilote qui s'appelle Schumacher, mais c'est aussi parce qu'il y a l'argent de Ferrari).

Quand je partais à l'aventure avec Éric, on essayait, selon nos connaissances, de prendre la route la moins bête – ce qui ne veut pas dire qu'on faisait ce qu'il y avait de mieux. La seule chose dont nous étions sûrs, c'est que nous faisions mieux que les autres qui faisaient plus mal. Et c'était tout. Cette lapalissade vaut ce qu'elle vaut mais elle dit clairement les choses !

Avant, l'honneur du marin, c'était de ramener son équipage, son bateau. Comme il n'y avait pas ou peu de moyens de secours, perdre un bateau, c'était perdre les hommes. Une honte.
Aujourd'hui, perdre un bateau, c'est comme une F1 qui quitte le virage – on dit que la sus-

pension n'est pas bonne. Ce n'est plus la faute du pilote. Il y a transfert de responsabilité et de culpabilité.

Quand je courais, au début, casser, c'était mourir.

Jusqu'aux années 1990, le monde du yachting est très aventureux. On courait autour du monde sans tout savoir. On subodorait, on imaginait, on sentait, on pensait avoir compris mais on ne *savait* pas.

Il y a eu un progrès formidable dans ce sport. Nous faisions, il y a quarante ans, des tours du monde basés sur la climatologie – en espérant que les phénomènes météorologiques que nous observions *in situ* correspondraient aux données climatologiques qui étaient les nôtres. Le programme a changé ! Furieusement.

Quand j'ai commencé de naviguer, on lisait le ciel et, maintenant, on lit les cartes (sur ordinateur).

Il demeure que la connaissance du ciel permet de savoir si la prévision est en avance ou en retard.

Quand j'étais en mer, il y a trente ans, les gens à terre se disaient : « Pas de nouvelles, bonne nouvelle. » On est encore dans le « Pas de nouvelles, bonne nouvelle » jusque dans les années 1980. Tabarly avait une radio à son bord, mais il ne s'en servait pas (d'ailleurs, il ne savait pas s'en servir), et puis ça l'ennuyait, il avait autre chose à faire. Il ne parlait pas. Personne ne parlait. Avec la BLU, on mettait une heure ou plus à accrocher la veille de la station, et, en général, aux appels de la veille, les cargos ayant des émetteurs plus puissants couvraient notre fréquence et passaient avant nous : on se retrouvait donc n° 6 ou 7.

Aujourd'hui, il suffit d'appuyer sur un bouton pour que ça sonne.

Le monde du yachting que j'ai connu n'est plus. C'est un état de fait. Et il n'y a rien à regretter.

8

La nostalgie de l'homme seul

La solitude est le seul moment réel de notre vie. La vie réelle est dans la solitude. L'émotion est solitaire. Même le voyage amoureux est un voyage en solitaire.

Notre histoire est solitaire. Notre naissance est solitaire. Quand on meurt, on est seul ; on a beau tenir la main d'un mourant de toutes ses forces, il part… Les choses fortes de notre vie sont solitaires, toujours. Nous avons sans cesse l'illusion que nous ne sommes pas seuls. Comme on est nombreux, on tente de se reconstituer un monde où l'on serait ensemble ; mais on n'est jamais ensemble. Irréductiblement seuls.

J'aime la solitude. J'ai la nostalgie de l'homme seul.

Mon fantasme absolu, c'est que le monde ressemble à la réalité que je perçois.

En somme, la non-solitude n'est qu'un accident.

J'ai souvent du plaisir avec le groupe, mais je ne sais pas partager mes émotions. D'ailleurs, ceux qui disent partager leurs émotions, je me demande comment ils font. La vie est solitaire. Et puis j'ai le goût d'être seul.

La solitude en mer, c'est l'isolement du reste des hommes. La vraie vie est en mer. Quand je descends d'un bateau – que j'accoste –, je viens seulement jouer dans les apparences.

Il y a des moments très rares dans la vie à terre où la pensée, l'émotion nous remplissent l'esprit mais aussi le corps ; autrement formulé, des instants où l'on sent son corps de façon inhabituelle, des moments « pleins » (tout le monde a ressenti cela, quelquefois). C'est vrai quand notre joie est immense, quand, par exemple, on retrouve un ami que l'on n'a pas vu depuis longtemps ou que sais-je ?… En mer, dans la grande solitude d'un tour du monde, au lieu d'être rares, ces moments sont fréquents. Dans le monde hostile, l'esprit et le corps ne se quittent pas beaucoup. C'est comme si l'appel était fort vers notre cerveau, notre système reptilien. À force de solitude, on devient reptile. En mer, cet appel est presque permanent. C'est un monde où l'on bascule beaucoup dans ce qu'il y a d'archaïque, de reptilien en nous.

Celui qui va prendre la mer n'arrive jamais à

dire à celui qui reste ce qu'il aimerait entendre – et réciproquement.

J'ai ressenti, seul au court de longues journées en mer, de longs mois, d'incroyables séries de bonheurs intérieurs. Quasiment inexplicables. J'ai ressenti la même solitude en commandant un équipage. Moins on communique avec l'extérieur et plus ces bonheurs sont denses – car on ne fait pas appel au vocabulaire, on se parle à soi-même en silence. En mer, je retrouve ma langue naturelle : le silence. Ce monde ressemble, au fond, à l'enfance – tout au moins, il a quelque chose de l'enfance. De l'originel.

Toutes mes émotions sont liées à la mer. Et mes chagrins aussi…

La vie sur l'océan est une vie du présent. Foin du passé. Le futur proche est déterminé uniquement par la couleur du ciel, l'arrivée des nuages et la modification du vent.

Chaque heure de mer est un voyage dans mes heures de mer passées.

Il y a, certes, la solitude de celui qui court en solitaire mais il y a aussi celle de celui qui commande un équipage de dix hommes : c'est la même « qualité » de solitude, si j'ose dire. La solitude du patron.

En équipage, il n'y a pas de pilote automatique, c'est un homme qui barre ; alors, parfois, on peut avoir accès – le moment est fugace – au plaisir que prend ce dernier (ce sont des « plus » que donne le groupe). Il n'en demeure pas moins que le commandement est encore une vraie démonstration de solitude. Entre les quarts qui changent toutes les six heures et moi qui commande, on ne regarde pas le même monde. Même, si par instants, il y a des *morceaux de lumière* qui passent entre un quart et le commandant, une passerelle brève qui s'établit entre le barreur et le patron, chacun est plongé, ramené dans sa solitude.

Tous les membres d'un équipage sont murés dans leur solitude. On le voit très bien dès lors que surgit un drame, qu'une mauvaise nouvelle monte à bord. Si quelqu'un a perdu un proche à terre et que je lui apprends, alors sa solitude est effarante même si le groupe, autour de lui, se rapproche un peu comme les pingouins dans la glace pour le protéger des vents mauvais du chagrin. Il est quand même dans une solitude tellement désespérante qu'il faut le laisser seul pour qu'il téléphone à son groupe qui vit à terre. Ces moments collectifs de solitude ont une vraie qualité parce qu'ils emmènent tous les hommes vers le sentiment de leur vrai cheminement.

En mer, il m'est arrivé d'avoir les mêmes émotions – les mêmes troubles si l'on veut –, sûrement le même regard qu'avec une femme. Naviguer, c'est frôler sans cesse le corps onctueux d'une déesse qui, alors, est interminable. La mer lamée de mauve, c'est sa peau où la coque s'introduit. C'est d'un érotisme subtil, onirique, étrange et secret. Oui, secret.

La vie, à terre, c'est de la complaisance – pas de la compromission car le mot est inélégant –, de la complaisance pour l'autre, de la politesse vis-à-vis de lui. Quand vous marchez sur un trottoir, vous envoyez en permanence des signaux pour que les autres s'écartent.

La solitude, chez les Anglo-Saxons, est suspecte. Pour eux, tout est « dans le groupe ». Chez les Latins, elle est déjà plus romantique. D'ailleurs, on remarque que dans une course en solitaire il y a plus de Latins que d'Anglo-Saxons.

Au vrai, la solitude, c'est une belle histoire… C'est nous. Voilà, c'est nous. Je suis seul, donc je suis moi. Ce n'est pas avec les autres qu'on se connaît, c'est seul. Alors on éprouve ce que l'on est : tout ce qu'il y a de formidable et d'infiniment médiocre. C'est une comptabilité sévère qu'on ne rend pas obligatoirement publique !

On ne vit pas pour l'image que vous renvoie l'autre mais pour être mieux en soi.

Le destin est une forme d'intransigeance : il faut tenter de bien se tenir avec soi. La vraie histoire, c'est soi. Mieux on se connaîtra et plus on sera indulgent avec l'autre. La meilleure manière d'aimer un peu l'autre, c'est de se connaître bien.

Bien se tenir avec soi, c'est prendre en compte et respecter ses pulsions fortes. Il ne faut pas mépriser ce qui nous apparaît émotionnellement fort car c'est vers ce point qu'est l'équilibre d'une forme de bonheur et de joie. Le vrai danger, c'est de se priver de ce qui nous plaît. Cette privation engendre le ressentiment.

Le plaisir

Je ne dors pas beaucoup et j'aime être levé tôt. J'aime être levé dans la nuit. Dormir, c'est juste recharger l'énergie, ce n'est pas une finalité. Il n'y a pas de volupté particulière dans le sommeil. C'est comme dans la bouffe : ça peut être excellent, mais ce n'est pas une finalité, c'est un moyen pour tenir debout. Je pourrais bouffer tous les jours la même chose, comme les clébards. Ce n'est pas ce qui m'entraîne. Ce qui m'entraîne, c'est ce que je vois, ce que je comprends, ce que je trouve beau.

J'ai toujours eu pour les choses plus de plaisir que de besoin. Finalement, le besoin, c'est la traduction d'une faiblesse, alors que le plaisir, c'est la traduction d'un enthousiasme, d'un enchantement. J'ai toujours voulu faire des choses qui m'enchantaient. J'essaie de m'enchanter tous les jours. C'est un mode de vie, un *savoir-vivre*.

Je n'ai jamais vécu dans le schéma des envies et des besoins. Le dépouillement, ça me va. Le confort, pour moi, est à la limite de la vulgarité. C'est une recherche que je trouve triviale. Le fait, précisément, de ne pas rechercher le confort – c'est mon cas personnel – participe de mon ascétisme. Du moment qu'il ne me pleut pas dessus lorsque je dors et que j'ai à manger, tout va. Le reste est futile. Je peux me passer de tous biens matériels – sauf d'un bateau. Le « matériel » n'a pas d'intérêt, sauf quand c'est extraordinairement beau. Alors, dans ce cas seulement, il peut susciter mon intérêt. Le château de Fouquet, à Vaux-le-Vicomte, c'est cohérent : ça a de la gueule.

Ce qui m'a toujours sidéré, chez l'être humain, c'est le manque de cohérence entre ce qu'il pense et ce qu'il fait. Quand les gens ne sont pas cohérents, je les évite, je suis immédiatement mal à l'aise. J'ai toujours tenté de vivre comme je pensais – et je m'aperçois que nous ne sommes pas si nombreux dans cette entreprise.

J'assume, avec légèreté, l'obligation de gravité que je suis.

Je refuse de sombrer dans la gravité – de lui accorder trop d'importance. Dans le même temps, je me refuse à la nier puisqu'elle existe. Cette gravité est liée au temps qui nous est imparti. Il ne faut pas gâcher ce temps. Il ne faut jamais se dire : « J'aurais aimé. » Pas de ressentiment, pas de remords. Des regrets parfois, mais peu, car, pour cela, il faut regarder derrière. On ne peut pas avoir des regrets en regardant devant.

Le ressentiment, c'est du temps perdu. Je n'ai pas de comptes à régler. Je n'ai jamais vécu dans le regard de l'autre.

N'étant pas gestionnaire du cerveau d'autrui, je ne vois pas pourquoi je serais préoccupé de ce qu'il pense.

Seul ce qui va se passer demain compte.

Toute ma vie, j'ai cherché des heures de lumière.

Une définition possible de la liberté

À partir du moment où l'on vit quelque part, la politesse, c'est d'en faire le tour. Pour moi, cette politesse est évidente. Imaginez que vous vous rendiez compte à 40 ans que vous n'avez pas vécu au bon endroit. C'est sévère comme punition. Non ? Moi, je n'aurais jamais pu supporter de subir ce blâme, cette sanction. Je ne me sens bien que quand je fais ce que j'ai envie de faire ; et, par conséquent, je m'arrange pour faire à peu près ce que j'ai envie de faire. Et rien d'autre. C'est d'une simplicité colossale. Et c'est une définition possible de la liberté. Tout ça est, pour moi, tellement évident que ça ne mérite pas une dissertation.

Souvent, des amis me disent : « Je ferais bien ceci ou cela mais ma femme ne veut pas. » Ma réaction est automatique : « Change de femme ! »

Il ne faut pas se dire : « La vie nous presse, dépêchons-nous de visiter le monde. » Il faut se dire : « La vie existe, alors profitons-en pour visiter le monde. »

Hypersensibilité au décor

Dorénavant, je vis en Polynésie parce que, ici, c'est l'été perpétuel – je déteste l'hiver et, surtout, l'automne : je déteste les feuilles rouges et la rentrée des classes !
Je ne me souviens pas d'avoir été enthousiasmé par les couchers de soleil de Toussaint sur la gare du Nord. Les saisons m'emmerdent.

Ici, c'est le pays des belles lumières, des heures de gloire. Il y a, en moi, une urgence de la beauté. Plus de temps à perdre puisque je peux choisir. Il faut *être* là où c'est beau.

J'ai une hypersensibilité au décor. Je vis en Polynésie parce que la baie de Paopao à Moorea a plus de gueule que la gare de Chartres ou la ZUP de Poitiers.

Il faut éviter les mauvaises fréquentations (formule un peu désuète). Je m'explique : le beau embellit, le moche salit. Je me rappelle, il y a plus de quarante ans (j'avais 25 ans, donc), je traversais, près de Paris, une zone périurbaine, une cité, et je me disais : ce qu'on a construit là est immonde et ça ne peut créer que du malheur, que de l'humiliation, que du chagrin. Les années ne m'ont pas donné tort. Je trouvais que les types qui avaient gagné du fric en construisant ces cités étaient vraiment des enfoirés. Il faut un énorme mépris pour proposer à des gens qui sont pauvres d'habiter des lieux pareils. Je me disais que ceux qui ont habité là seraient marqués à vie par ce décor : ils auront vécu au quotidien ce que moi j'ai vécu à l'école. Aucun bon souvenir. À la télévision, on voit les gens crier de bonheur lorsque, parfois, on fait sauter leurs barres d'immeubles. Ce qu'ils voient ensevelis, ce sont, d'abord, leurs mauvais souvenirs. Il y a certains coins du « neuf-trois » qui sont architecturalement – donc socialement, car l'architecture est responsable – criminels. C'est une réalité. Comment voulez-vous avoir l'âme heureuse lorsque l'on vous fait vivre dans l'*aussi moche* ?

Ce qu'on voit, qu'on regarde est capital, central. Ce qu'on sent aussi. L'odeur, la vue, le passage de l'air sur la peau… Je suis hypersensible à tout cela. L'ouïe : j'aime me servir de mes oreilles pour entendre ce qui se passe autour de moi. C'est pourquoi je n'écoute pas de musique (ou peu) car j'aime être dans l'ambiance. J'aime la musique seulement quand je vois le bonheur de ceux qui la jouent ou quand elle s'échappe d'une fenêtre – parce qu'ainsi elle appartient au décor.

9

Cartographie intime

Le décor, pour moi, est un spectacle. Dans tout ce qui me construit, il y a toujours une liaison forte entre les lieux et les lumières. J'ai dans la tête des morceaux d'endroits et des morceaux de lumières. J'ai dans la tête des moments disparates, insolites, liés par rien et qui sont, dans la promenade que la vie m'a donné la chance de faire autour du monde, des moments de bonheur absolus – ces moments sont constitués de lumières d'abord, mais encore d'odeurs, de températures… Je ne fais pas (du moins, plus) de photos car les clichés n'enregistrent pas les odeurs. L'image, le son, l'odeur… Tiens, par exemple, l'odeur immobile qu'il y a dans les périodes de brume quand on entre dans la rade de Brest – la bande-son, là, c'est le phare du Minou dont on n'entend que la corne de brume. Puis le dessin incertain de la côte. L'intérêt de la brume, c'est qu'elle vous emmène dans son monde puisqu'elle vous cache l'autre. C'est un moment de choix pour moi, ce moment de brume dans la rade, cette bordure de brume. La forme même du décor s'en trouve transformée, voilée, moirée. Il n'y a pas beaucoup de vent (en général, quand il y a de la brume, il y a peu de vent), la mer luit avec des reflets gris-noir, l'odeur de varech est prégnante, c'est une odeur de mer immobile et de courants forts. Le décor prend le pas sur tout le reste. Il s'impose.

Souvent, il m'est arrivé de faire des kilomètres pour aller chercher une lumière quelque part, pour retrouver un moment de grâce.

L'entrée de la rade de Brest dans la brume, le bateau au ralenti, cette côte incertaine… On sait que c'est là, mais le « c'est là » pourrait être un « ailleurs ». Cette incertitude poétique est extra-ordinaire. Un moment détaché du monde où l'on n'identifie rien. On porte, alors, un autre regard…

La brume, c'est de l'eau qui va partout. Nous voilà enveloppés. Il n'y a aucune nuisance dans cette brume. C'est enchanteur d'être noyé dans la vapeur d'eau. J'aime voir au loin mais j'aime aussi que d'un coup le monde m'enferme, m'isole. Le son est bouffé. La corne de brume est un cri qui vient d'ailleurs dans cette mise en scène hallucinante qu'improvise la nature. La corne, c'est le cri pour l'aveugle – un cri unique car il n'y a pas une corne au monde qui ait le même son qu'une autre. Donc, c'est cet endroit-là qui fait jaillir ce cri, ici. Il s'agit d'identifier le son qui nous dit que nous sommes là alors même qu'on ne peut rien voir de ce décor... Le son nous confirme une présence, il nous engage à imaginer le décor. Voilà un moment que la nature nous donne.

La rade de Brest dans ces conditions, c'est un site maritime et géographique que je connais par cœur mais qui se déguise pour moi. Le décor m'emmène, il m'invite au voyage, je ne le connais qu'à découvert et le voici masqué !

Quand j'entre dans la rade, c'est que je quitte la mer – le seul endroit où j'ai la paix. Ce moment de brume me redit que tout est possible.

Autre moment, autre décor. L'architecture du château de Vaux-le-Vicomte, pour moi, c'est la perfection. Une architecture bénie. C'est plus beau que Versailles, davantage à taille humaine – il est nécessaire que les choses soient à taille humaine si l'on veut en saisir les vraies dimensions. Dans le fantasme pur, j'habiterais bien seul à Vaux-le-Vicomte. Les proportions, les toits, le dessin des jardins, les voûtes, l'entrée des salons, les plafonds, les colonnes... Tout est parfait.

Vaux-le-Vicomte peut se voir d'un seul coup d'œil – à Versailles, on est obligé de tourner la tête.

J'ai le souvenir d'un bal au château (je devais avoir 19 ans), et, la soirée terminée, il me revient la lumière de juin sur les jardins (au petit jour). Stupéfaction ! Moi qui suis un homme des grands espaces, j'avais été subjugué par la beauté de l'architecture, de la créativité… Je n'aime pas les jardins à la française, pourtant, dans la brume de ce petit matin de juin… Je voyais la silhouette des hommes en smoking et des filles en robes longues avec des taches claires, vertes, roses, rouges… Perfection.

Peut-être que ce n'était si beau que parce que c'était très tôt le matin, dans la belle lumière du printemps.

J'ai toujours aimé visiter les lieux aux premières heures du jour. Le matin tôt, je suis seul à voir (personne ne regarde, tout le monde dort), le soir tard, je suis vu – ce n'est pas la même chose. Au lever du jour, oui, on voit, on est seul à voir – c'est pour cela que les interpellations ont lieu le matin, les gens sont encore pris par le sommeil, la vie n'a pas encore commencé –, le soir, on est vu – les gens sont encore agressifs.

À Vaux-le-Vicomte, le moment est attaché à la lumière de ce matin de juin… Le XVIIIe siècle était mieux éclairé.

Je trimbale, ainsi, dans ma vie, des moments pleins – qui ne sont pas liés à la présence d'êtres (comme des moments d'amour ou d'amitié), mais qui sont attachés à ma solitude. Ces moments pleins font partie de mon petit carnet personnel. Ce sont des images qui me reviennent. Je me dis : « Il faudrait que je retourne à Vaux-le-Vicomte, en juin, un matin. »

Il y a beaucoup de lieux dans le monde où je suis allé, et je me dis que je suis content d'y être passé mais que je n'y remettrai jamais les pieds. Et puis il y a des spots, des moments de lumière que je voudrais revivre. Surtout, je sais que si je les revivais, ces instants, ils seraient bien ! Je ne doute pas de ça. Ces moments sont des épiphanies.

Il y a certains lieux où je sais que l'enchantement est impérissable.

Dans mon carnet personnel, il y a le cap Horn par belle houle. Quand on vient à passer le Horn, on a souvent eu de la grosse mer. La houle, au large, c'est une succession de mouvements de mer, des sortes de collines mobiles. Tout bouge, c'est un constant mouvement de balancier et, sur le bateau, on n'a pas d'échelle fixe. D'une certaine façon, ce mouvement n'est pas perçu car le bateau roule, gicle, avance, bouge, surfe : tout n'est que mouvement. La mer monte, se dégonfle, descend, en sorte que ce mouvement est bien moins intense que lorsque tout à coup surgit un point fixe. Ce point, c'est le cap Horn – et lui seul donne la vraie dimension de la houle.

Durant tout le temps que j'ai passé sur la mer depuis Brest (par exemple), je n'ai pas vu de terre, de point fixe, le mouvement est devenu habitude. Et là, brutalement, devant moi, un bout de cap va révéler ce mouvement... Sa densité.

Bien entendu, il y a le décor mais aussi la symbolique : passer le Horn, c'est savoir qu'on va s'en tirer quoi qu'il arrive, qu'on a passé une zone difficile. Le danger est derrière. Passer le Horn, longer les côtes américaines, c'est quitter le mouvement.

Cette houle prend sa vraie dimension dans la mesure où il y a la terre à côté.

La belle houle au Horn, c'est quand il y a 8 ou 10 mètres de creux, et que c'est bien *rangé* ! Cette belle-houle-grosse, forte du Horn, elle vient de l'océan Indien depuis des milliers de milles, elle a été regonflée par des dépressions – je me demande comment le vent a fait pour donner à la mer cet aspect de collines... C'est très beau, très puissant. Et puis les couleurs qui passent du bleu au vert, du vert au noir – et inversement. Les crêtes blanchissent. Magnifique spectacle de la puissance du Sud. Au Horn, la houle force car son pied va buter sur la terre : il y a des effets d'ondes, de ressac, de hauts-fonds – d'où l'amplification du mouvement. Il n'y a rien de stable, d'arrêté dans ce monde sauf ce morceau que constitue le cap Horn.

J'ai passé plusieurs fois le Horn mais je ne l'ai peut-être perçu qu'une seule fois, finalement, avec cette densité…

Il y a, dans la vie, ce que l'on fait, ce que l'on sent, ce que l'on voit et ce qui nous marque. On n'« imprime » pas toujours au même moment avec la même facilité.

Et puis je me souviens de ma conversation avec le gardien du phare au cap. C'était en 2004, à bord de *Géronimo*. Le gardien m'interroge avec sa radio VHF :

« Where are you from ?
– Brest.
– Where are you going ?
– Brest. »

Le type me fait répéter plusieurs fois « Brest ». Selon lui, il fallait qu'on aille quelque part mais pas là d'où nous venions. Pour lui, ça n'avait pas de sens que nous revenions à notre point de départ. Il a fallu que je lui explique que nous courions autour du monde. J'ai senti que ce gardien, dans son phare perdu dans la brume, ne comprenait pas bien ce que je lui disais. Moment surréaliste. Ce dialogue n'avait aucun sens.

Autre moment important, émouvant de mon carnet intime : la prise de quai à New York.

Quand on arrive au quai, à Manhattan, à la suite de plusieurs semaines en mer, on passe d'un monde exclusivement horizontal à un monde exclusivement vertical. C'est la première fois depuis longtemps que nos yeux vont de bas en haut. Le choc est impressionnant. Oui, c'est un choc de mouiller au pied de Manhattan, qui fut la passerelle de tous les émigrants de ce continent… Là, c'est la bande-son qui compte : le murmure confus d'une langue qui n'est pas la mienne, comme s'il restait dans l'air tous les gens qui étaient passés là avec leurs espoirs, leurs rêves ou leurs craintes.

Je crois que les endroits de souffrance sont hantés par la mort (Oradour-sur-Glane, le Colisée à Rome ou Verdun sont hantés), et qu'il y a des lieux comme Manhattan qui sont hantés par autre chose : là, j'entends grouiller tous ceux qui sont venus avec l'espoir au cœur. Il y a des traces d'espoir dans l'air. Je sens ces émigrés, ces femmes, ces enfants, l'Irlandais pauvre de tout qui vient chercher le monde meilleur. Une nuit, je les ai vus débarquer tous. J'ai vu ces *poses* que donne l'espoir, ces visages qui espèrent – les visages de ceux qui sont persuadés qu'arriver ici est la consécration d'une espérance. J'ai entendu, au pied de Manhattan, cette rumeur d'espoir. Chacun sait que l'espoir ne fait pas de bruit, et pourtant, je l'ai entendu. J'arrivais de la mer, j'étais vierge de tout (la mer lave), j'étais plus apte qu'un autre à entendre ce murmure de l'espérance. J'ai senti que tout ce qui a fait l'Amérique est passé ici. Quelle histoire !

Là, j'ai eu l'impression que le monde m'avait parlé. Comme il me parle au bord des récifs des Tuamotu – sauf qu'il ne me dit pas la même chose et pas dans la même langue.

Au nord-est de Fakarava, aux Tuamotu, quand la mer vient briser, le monde me parle. Le ressac d'une plage peut être modifié par un bateau qui passe ; pas aux Tuamotu, où seule la mer s'exprime. Rien d'autre que l'effet de la mer et de la vague ne peut modifier la bande-son du récif. Ici, on a l'impression déchirante que ça tape depuis des milliers d'années. Ce temps de la vague qui s'écrase, ce bruit de l'océan qui respire, signifie que nous ne sommes pas là pour longtemps. Le monde ici me dit clairement que je ne suis qu'un passant. Alors je pense dans mon for intérieur : « Il me suffirait d'être ce mouvement-là pour être éternel. » Le bruit du récif m'indique que je suis déjà vaincu. Ce bruit va continuer, continuer et continuer encore… Cette respiration n'est pas la mienne, c'est celle du monde. Elle ne me rend que plus dérisoire et vulnérable. Je n'ai, moi, qu'un tout petit souffle.

Parfois, la vie nous dit, nous montre, nous démontre que nous ne sommes rien. À Fakarava, face à cette sorte d'horloge énorme qu'est la houle qui vient battre le récif, la nouvelle est bien pire : nous ne sommes pas là pour longtemps !

En d'autres termes, le bruit du récif me dit : « Tu n'as pas perdu le match contre le temps, tu n'as même pas débuté la partie. »

Tous ces lieux dont je viens de parler, ces instants, ces lumières peuvent être des analogons. Comme analogons permanents, il y a le feu et l'eau. De temps en temps, il y a ce qu'ont construit les hommes ou les coins de nature. C'est ça que je recherche.

Je fais des sondages (des microsondages) sur ce que le monde dit à l'homme. Ce que je recherche, c'est la parole du monde. J'ai le sentiment que la nature parle davantage que ce qu'a construit l'homme. Mais il demeure que, quand l'homme a été vraiment présent, ses traces sont presque plus accessibles que celles de la nature. Sans doute parce que ce sont les nôtres... De temps en temps, ce qu'a construit l'homme parle.

Venise, par exemple. Cette ville chuchote, hurle, pleure, crie, grince. Là, le sublime et la malédiction sont enchaînés l'un à l'autre. On ne peut pas penser à Venise comme on pense *ailleurs*. On ne peut pas sortir de ce que la ville impose.

J'ai passé des heures sur la lagune, dans les canaux.

Venise m'emmène et je suis plutôt complice.

Quand je suis à la douane de mer, je sens la

mort. Cette ville est en train de mourir mais elle meurt d'une vie extraordinaire.

Venise ressemble à une compilation de faits divers d'horreur, de cupidité, de richesse – le tout masqué par le talent et la beauté, mais de la beauté fabriquée.

Quand je suis à Venise, je me dis que je ne suis pas de là. Et en même temps, j'ai le vertige, le vertige d'une grâce.

Venise me fait penser à une croisière immobile à bord d'un paquebot dont le commandant serait le temps. Le temps vient me chercher et m'emmène – je ne suis pas suffisamment cultivé pour que ce temps soit défini, mais je suis suffisamment sensible pour savoir qu'il est question de temps (au pluriel), définissables, présents, actifs et dérisoires.

L'architecture de Venise est le masque de ses vices – et ça, c'est fascinant. Je sens qu'il y a tentative de fascination (fascination à laquelle je ne cède pas). Il y a de la perfection dans cette construction mais pas d'émotion. C'est troublant d'ailleurs.

Je ne prendrais pas les armes pour défendre Venise – car c'est indéfendable.

Venise sent le vice comme une table de jeu. Donc, ça sent l'homme. Cette ville sent l'infiniment vicieux de l'homme – et comme toujours, une part de son sublime. Mais, là, c'est sans aucune innocence.

Tous ces endroits de lumière (je parle du cap Horn et de Fakarava) sont, pour moi, le cœur de l'enchantement du monde. Quand c'est très fort, on est sans cesse à la limite du vertige – et le vertige n'est pas la peur du vide mais la peur de son propre vide.

Ce sont des lieux-miroirs de mon existence – alors que Venise est le lieu-miroir de nos existences.

Quand les gens voyagent, qu'ils arrivent dans leur chambre d'hôtel, ils déploient sur la commode les photos des êtres chers. Moi, je n'ai pas de photos. Alors je déploie, dans ma tête, les images de tous ces moments lumineux. Ils constituent ma cartographie intime.

10

À la vague d'étrave de la vie

Dans la seconde qui va venir, nous allons être à la vague d'étrave de la vie. Nous sommes en train de fendre le temps futur, donc ce temps futur est en train de devenir présent. Après, c'est le sillage… le souvenir, le passé, la fin. Je ne suis pas passionné, comme je l'ai déjà dit, par les souvenirs… Ce qui est intéressant, c'est de vivre. On est à l'étrave, mais on ne regarde pas le sillage. On regarde devant – on le voit le sillage, malgré soi. C'est demain qui m'a toujours captivé. Pas hier. Ou maintenant. Oui maintenant, quand *l'étrave de ce que nous sommes* est en train de pousser l'eau du temps à faire une courbe, là. Voilà le moment de grâce.

Quand on partait, autrefois, quand la sirène du paquebot retentissait, il y avait de grandes chances pour que ce départ soit définitif.

Aujourd'hui, il n'y a plus de « toujours », donc il n'y a plus de « jamais ». Rien n'est scellé. Figé.

Les départs ne sont plus des arrachements, des déchirures car un retour est envisageable. Et puis, on reste en contact. Cela change considérablement la manière d'envisager les choses. Avant, selon l'expression consacrée, « partir, c'était mourir un peu ». Aujourd'hui, partir, ce n'est plus mourir.

Il y a cinquante ans, il fallait un mois et demi de bateau pour venir d'Europe en Polynésie. Aujourd'hui, seulement vingt heures de vol. On peut venir à Tahiti pour une semaine. Le monde a basculé. Jadis, quand le paquebot arrivait à Papeete, dans les études de notaire, durant la nuit, tout le monde écrivait – les gens faisaient des affaires et l'escale était courte, et il fallait donner une réponse à une lettre reçue avec le bateau. Maintenant, un coup de téléphone suffit !

Le passé présente des choses que le présent et le futur rendent inadmissibles.

Je me promène, sur la mer, avec mon bagage – le plus léger possible. Mais il y a des choses qui vous restent, des choses que vous abandonnez et des trucs qui vous collent un peu plus à la peau. Les gens que j'ai aimés, que j'aime (et ça fait pas un dictionnaire !), je les garde en moi, ils appartiennent à mon monde. Je n'ai pas de photos, pas de rapports avec les objets, mais avec les âmes, oui. Je garde des souvenirs, comme tout le monde. C'est terrible, d'ailleurs, les souvenirs : c'est ce qui aide à constituer le regret. Les gens qu'on a aimés et qui ont disparu ont emporté une partie de soi. C'est comme si leur mort sclérosait ce qu'on a vécu avec eux. Leur mort nous fige. Leur mort nous fait mourir un peu.

Les souvenirs ne sont pas des promenades que je fais. J'ai d'autres échappées. Je préfère des virées plus joyeuses. Je m'organise, dans la tête, des rendez-vous de lumière.

Je me moque des objets. Pour moi, une maison est réussie dans la mesure où elle ressemble à un hôtel. Je suis de passage. D'ailleurs, nous sommes tous de passage. C'est pour cela, aussi, que les bateaux sont intéressants, parce que ça passe, un bateau… Et le sillage qu'il produit dure quelques secondes. Enfin, la mer referme tout comme s'il ne s'était rien passé justement, comme si nous n'étions pas passés. Voici le reflet exact de ce que nous sommes dans notre monde de vanité : un point en déplacement qui blanchit l'eau devant en la poussant. Il n'y a pas d'éternité. Il n'y a d'éternité en rien. Il n'y a pas de durée non plus. Juste une série d'instants immédiats.

Jeune, j'ai compris que de l'argent j'en trouverais toujours, mais que le temps, on ne pouvait pas l'acheter. Le temps est la matière la plus précieuse du monde – justement parce qu'on ne peut pas l'acheter. Sinon les riches vivraient très vieux !

On peut faire de l'argent, pas du temps.

Aujourd'hui, l'argent, c'est la porte de toutes les libertés. Dans le monde contemporain tel qu'il est, quand on n'a pas d'argent, on n'a pas de liberté. Sans argent, on est sujet, en permanence, à une forme de « maltraitance ». La preuve, c'est que les riches sont mal habillés. Il n'y a que les pauvres qui s'habillent bien – parce qu'ils croient que ça fait riche ! L'argent, ça permet d'écarter celui qui nous parle mal. L'argent ne sert qu'à éviter les mauvaises fréquentations. Posséder n'a aucun intérêt. C'est jouir qui compte. L'argent permet de décider en fonction de son humeur – sans tenir compte de celle des autres, ce qui pour moi est capital. Il faut un peu d'argent pour que les autres ne s'essuient pas les pieds sur vous. Aujourd'hui, c'est presque une mode d'être milliardaire. C'est curieux, non ? Les milliardaires sont présentés par les médias comme le sommet de ce que doit être une vie. Affligeant !

Je n'aurais pas voulu avoir avec ma mère les rapports qu'entretient la fille Bettencourt avec la sienne. Ce sont les rapports de la honte. Des trucs de vrais ploucs.

L'argent est un outil. On ne peut pas brandir un outil. Il sert à faire quelque chose, pas à être quelqu'un.

Les plaisanteries des riches sont toujours les plus drôles quand on a une mentalité de larbin.

Le grand intérêt d'une vie intelligente, c'est de déplacer, de distordre le temps, qui n'est le même nulle part. Le temps n'est pas une constante. La seconde de vie d'un enfant de 5 ans ne ressemble pas à la seconde de vie d'un vieillard. Plus on vieillit, plus le temps s'accélère. C'est propre à la nature humaine.

Quelqu'un qui vous fait attendre est un voleur de temps, un voleur de vie. Quand j'ai rendez-vous et que les gens ne sont pas là, au-delà de dix minutes, je décroche. Je n'attends pas. Je n'ai jamais attendu. Personne ne va me voler ma vie. Moi, je ne fais pas attendre les autres.

Le temps en mer, c'est du temps divin, du temps qui a du sens, de la densité. C'est l'étalon-temps du bonheur. C'est du temps qui a une texture, une odeur. C'est du temps qui a de l'élégance. On se met toujours en position, dans la vie, d'attendre ce qui vous convient.

Un Européen (qu'il soit anglais, français ou espagnol), s'il n'est pas marin, ne peut connaître la distorsion du temps qu'à travers la relation amoureuse. Moi, j'ai trouvé, dans la navigation, dans l'océan – si l'on préfère –, le moyen de tordre le temps. En Polynésie, par exemple, on peut, à mon sens, vivre cette distorsion du temps sans être amoureux. L'économie est, par conséquent, considérable. C'est difficile à expliquer, au fond, mais c'est ainsi que je ressens ce pays du bout du monde, du milieu du Pacifique... C'est frappant.

En mer, le temps se détord. On rentre de deux mois de navigation en ayant l'impression d'être parti une longue journée ; il y a des journées qui passent comme des minutes et, à rebours, des minutes qui passent comme des heures. Le temps n'est pas le même.

Je me suis souvent demandé ce qu'était le temps perdu. Je m'étais dit qu'un jour, sur un tour du monde en record, je ferais une pirouette, c'est-à-dire que je ferais faire 360° au bateau en passant par le nord – et cela rien que pour le plaisir de la pirouette. Et puis je n'ai pas eu le courage de tenter ce record. Je ne voulais pas le perdre d'une seconde – après deux mois de navigation ! La perte de temps... J'ai voulu savoir ce que c'était. J'ai pris ma moto en me disant que j'allais aller dans un endroit improbable, attendre dans une gare improbable un train que je n'ai pas besoin de prendre. Comme, à l'époque, on buvait de l'eau qui n'était pas très bonne sur les bateaux et que j'avais vu une pub sur les volcans d'Auvergne, je suis parti en Auvergne pour regarder les volcans qui me donnaient soif. Et là, dans un bled, j'avise une gare (dans les gares il y a plein d'horloges). Soleil sur la gare, il fait chaud, je vais sur le quai, je m'installe sur un banc – j'observe la luisance du rail, la bordure de rouille, les cailloux concassés, les bouts de ticket, d'allumette, en somme, cette nature morte qui est peinte en face de moi. J'attends un train que je ne vais pas prendre. Voilà ce qu'est pour moi un montage cohérent de la perte de temps. Je suis allé dans une gare du Puy-de-Dôme, j'ai attendu le train, il est arrivé, je ne l'ai pas pris, il est reparti. J'avais vécu une saynète parfaite de la perte de temps. J'avais organisé la symbolique de ce qui est inutile.

Et puis et peut-être surtout : je m'étais vengé de tous ces mois en mer quand on n'a pas le droit de perdre une seconde.

Il m'est arrivé encore de ne pas prendre des avions parce que l'horaire ne me convenait pas. Par exemple, un jour, en juin, je devais quitter Brest pour Paris sur un vol du matin, à 10 h 15. La veille, je me suis dit que c'était atroce, que j'allais vivre la matinée du lendemain dans la perspective de ce vol et qu'ainsi je ne pourrais pas avoir le loisir de me concentrer sur la belle lumière du printemps. Je ne pourrais donc pas

en profiter. Être disponible pour cette lumière…
Assister au spectacle.

Je n'ai pas de temps mort. Je veux sans cesse assister au spectacle.

Je pratique l'errance légère.

Je crois qu'on appartient aux endroits pour lesquels on a de la passion. Mais, sur le fond, c'est assez faux, car on n'appartient à rien. Si on me demandait d'où je suis, je ne saurais quoi répondre : je dois sûrement être de quelque part mais je ne me suis jamais *pensé* de quelque part. Cette notion n'a jamais modifié mon comportement. Je n'ai jamais revendiqué une identité particulière. C'est trop réducteur et assez vite ennuyeux. Ce n'est pas parce qu'on aime un pays, ou qu'on y vit, que l'on est de ce pays. Les gens disent toujours : « C'est *ma* femme, *mon* pays, *ma* voiture. » Ce n'est jamais tout à fait *sa* femme, jamais tout à fait *son* chien, et ce n'est que momentanément *sa* voiture. La seule chose qu'on possède vraiment car on risque alors, pour le coup, de la garder, c'est une maladie grave : on peut dire « *mon* cancer » !

Les endroits que j'aime m'appartiennent d'une certaine façon (mais c'est dérisoire) ; pour autant, je ne leur appartiens pas.

Je suis un nomade exalté par la découverte. Voilà, découvrir sans cesse… C'est le seul moment où l'on peut supposer que va surgir le « merveilleux ». Fouiller le monde de tous les côtés, c'est exaltant. Je suis comme un chercheur d'or. Ce n'est pas tant l'or que je cherche que le moment magique quand je vais le découvrir. C'est toujours, au vrai, l'émotion que je cherche. Le nomadisme, c'est ça.

Tous les jours, un chercheur d'or est tenu par sa capacité d'émerveillement. La magie. Le « merveilleux » est la raison de tout ce que je fais. L'émerveillement, c'est de la pluie d'or morale qui vous tombe dessus. Le tout, c'est de se trouver dans les bons endroits, là où il pleut de l'or. Dans la navigation de course, il y a plusieurs fois par jour des moments merveilleux. La vie, pour moi, est une recherche constante de moments forts. Cela suppose une organisation. L'amour peut être un moment merveilleux. L'amour, la boisson, la pêche à la ligne et la baignade !

On ne peut rien réussir dans la vie si on ne prend pas de plaisir. Le talent ne sert à rien si le plaisir n'est pas là.

11

Mon cerveau reptilien

Je ne suis intéressé que par mon cerveau reptilien : c'est le seul dans lequel j'ai confiance. C'est celui-là qui a fait que j'ai survécu. C'est ce cerveau qui a fait que l'espèce à laquelle j'appartiens s'en est sortie. Voilà notre part d'intelligence profonde – au sens étymologique. Le reste, c'est de la « manip ». Ce qu'il y a de plus reptilien chez nous est sans doute ce qu'il y a de plus archaïque, de plus fort. Le reste de notre intelligence ne sert qu'à monter des combines ou à fabriquer des romans – sûrement pas à aimer ou à pleurer. Seul le cerveau reptilien nous emmène dans les tourbillons de nous-mêmes.

Si le rapport devient fort avec quelqu'un, il devient archaïque, excessivement animal. Il se passe de vocabulaire et se contentera de sensations. L'animalité, c'est presque ce qu'on a de mieux. Les vrais amis, on ne parle pas avec eux, on se contente d'être assis à côté en buvant un coup. Il n'y a rien à dire puisque tout est dit.

C'est pareil avec les femmes qui vous font la joie de traverser votre vie.

Le sexe est intéressant car on transmet davantage par le nombril que par deux journées de discours. En somme, le vocabulaire ne sert jamais que de glissière de sécurité à la pensée. La vraie pensée, celle qui fait l'âme, la matière, celle qui est archaïque, c'est celle qui sent plutôt que celle qui analyse. Oui, l'analyse est à la portée de tout le monde. La vraie intelligence consiste à sentir, donc à déterminer l'action et la décision. L'exercice suprême de l'intelligence, c'est la décision. Il y a des centaines, des milliers d'analystes brillants mais peu de décideurs. La décision – une fois qu'on a fait 80 % d'analyse –, c'est le vide qu'il y a entre le moment où l'on saute et celui où l'on réussit. Il faut donc du courage parce qu'il faut *sauter*. Il n'y a pas d'intelligence sans courage.

C'est à force de voir comment les autres vivaient que j'ai compris que je ne vivais pas comme eux. Alors j'ai évité de trop remuer pour ne pas qu'on m'emmerde. Sinon, je pressentais que ma différence, on me la ferait payer tous les jours. J'ai toujours été un clandestin social. Je n'ai jamais dit ce que je préméditais de façon à ce que personne ne s'en mêle.

Pour autant, je ne regarde pas mes condisciples avec ironie. Je ne pense rien de défavorable au sujet de mes congénères, mais je n'ai pas souvent envie d'ouvrir le dossier. Cependant, il n'empêche, je peux être assez admiratif des autres, d'une certaine manière. J'ai la sensation dense qu'ils font le même parcours que moi mais qu'ils n'en ont pas la même conscience. Je n'ai, pour autant, aucun mépris. Je suis facilement « épatable ». Et justement : je suis ravi de rester épaté par des choses simples. J'ai le sentiment que les autres traversent le même monde que moi sans le regarder. S'ils regardaient bien, ils vivraient comme moi. Mais jamais je ne me permettrais de conseiller quiconque : ce serait indécent. C'est pourquoi, à l'inverse, je n'accepte pas qu'on me dise ce que je dois faire. Ce que j'aime, dans la vie, c'est décider. J'ai voulu vivre ce que je sentais être ma vie. C'est lumineux. Et c'est simple.

Si j'ai un regard affectueux sur l'homme, c'est pour la raison que je n'ai pas d'illusions sur ce que nous sommes.

Moins on a d'illusions sur soi, plus l'autre aura du mal à vous illusionner sur lui. On n'enfume que les gens qui s'enfument eux-mêmes. Quand un individu se connaît bien, il n'a aucune illusion sur lui. Quand on connaît le médiocre de soi, celui de l'autre, automatiquement, vous semble moins insupportable. Ce que l'autre a d'odieux, on l'a chez soi pour peu qu'on y regarde de près avec honnêteté.

À ma manière, je suis un homme pressé : rien ne m'échappe mais je suis « ailleurs », vers mon essentiel. Si on ne se donne pas du mal pour tenter de réaliser ce qui nous fait rêver, que va-t-on faire ?

Mon urgence, c'est de faire ce qui me plaît. Et, comme on sait, je n'ai confiance qu'en moi. Je n'ai pour guide que mon seul désir.

D'après ce que j'ai compris du monde, en revanche, il est prudent de ne pas traduire clairement son désir à l'autre car celui-ci n'en est jamais complice : il y est opposé, hostile, il est jaloux et, au mieux, indifférent. Par conséquent, notre désir doit rester clandestin. Aucun mec sérieux ne révèle ses désirs. Le projet est toujours lié au secret. Le projet bavard est déjà mort – parce qu'il est soit copié, soit contrecarré. C'est ainsi que ça se passe. Il ne faut jamais baisser la garde, le monde n'est pas un jardin d'enfants. Je ne dors toujours que d'un œil et j'ai le couteau à portée de la main. Se déclarer fait de l'autre un ennemi. Plus je crée le silence et moins je crée d'ennemis. Le plaisir, de toute façon, c'est de faire, pas de dire. Ceux qui prennent le plaisir de dire ont rarement celui de faire – d'après ce que j'ai compris. Celui qui dit va sur une route différente de celui qui fait.

J'aimerais être l'homme invisible. Non pour être voyeur mais pour n'être pas vu.

Je me suis fait la vie que je voulais, partant du principe que mon temps dans l'existence est mon seul capital. Très jeune, j'ai compris ça, aux bornes de la petite enfance. Très jeune, j'avais compris l'essentielle imposture de ce monde. Et cela m'a plongé dans une solitude très lourde car je ne pouvais en parler à personne sans être suspect. Il fallait que je me taise. Je ne pouvais pas dire que j'avais compris cela car, sinon, on m'aurait envoyé me faire soigner. C'était trop en opposition avec ce que mon milieu vivait, acceptait de vivre et de penser. Si je formulais, je me mettais en danger. Je me souviens parfaitement de cette intuition et, ensuite, de ce fardeau à porter. Ne pas dire ! Rester dans la clandestinité de ma pensée. Oh, oui, surtout, ne pas dire. C'est la règle que je me suis fixée. Je me suis donc découvert vers 13 ou 14 ans comme un clandestin du monde dans lequel je vivais. Je devais me taire. Parler, c'était être condamné. Le monde ne tolère pas qu'on pense ainsi, qu'on le pense ainsi. Il s'agit de cacher. Après, tout au long de ma vie, j'ai survécu dans cette clandestinité avec d'autant plus de brio que j'étais, depuis la petite enfance, hyperentraîné. Entraîné à faire semblant d'être d'accord avec ce qu'on m'affirmait. J'ai compris cette chose très vite : *si t'es pas normal, t'es fou et si t'es fou, on t'enferme*.

Je me suis toujours senti décalé. D'abord, le fait qu'on m'ait enfermé petit dans une salle de classe… Ça, c'est un vrai décalage avec la vraie vie… Les gommes, les cahiers, l'encre… Il n'y a rien de plus décalé par rapport à la vie qu'un établissement scolaire. Je me souviens précisément de l'odeur des salles de classe, de cette odeur infecte… Bref, j'ai détesté ce monde. Radicalement. Il se trouve que de 18 à 68 ans, je me suis 100 fois, 1 000 fois, 10 000 fois, 1 million de fois plus amusé que de 4 à 18 ans. Quel monde effrayant que celui de l'école ! Quelle horreur ! C'est un monde enfermé et pour moi infernal.

Je me souviens, vers 4 ou 5 ans, pour la fête des Mères, on nous avait demandé de faire pousser quelque chose ; moi, j'avais décidé de faire pousser un radis dans un pot en terre. C'est la seule fois de mon enfance, à l'école, où j'ai eu le sentiment d'avoir fait quelque chose d'utile. Ah, si, une autre fois encore, dans un collège paysan, où l'on avait autopsié un cochon qui était mort. Là, j'étais très intéressé : un porcelet était mort et il s'agissait de découvrir la cause de sa mort. Et j'avais trouvé. Voilà les deux bons souvenirs de mon enfance à l'école. Et c'est tout. Rien d'autre.

Je le répète, ce que je détestais à l'école, c'est l'odeur. Ah, oui, l'odeur. C'est comme les casernes ou les prisons. C'est comme ça. Parce que l'air ne circule pas.

Je ne porte pas de jugement de valeur sur l'école – pas plus que sur le reste, d'ailleurs –, je ne me fie qu'à mes sensations. Je pense qu'il n'est pas inutile d'apprendre aux enfants à écrire, mais que d'heures de malheur pour parvenir à ce résultat. Que d'heures *moches*... La cloche, la bouffe, l'odeur du réfectoire... La laideur du pupitre peint en couleur faux bois... Rien n'est plus sordide qu'une cour de récréation. Tout ça surveillé par des individus que la nécessité ou la carence – soit l'un, soit l'autre – amène à exercer le joli métier d'enseignant.

Les gens qui montent dans la navette spatiale m'intéressent. Ce sont des gens qui vont vers le vertige de l'infini et cette sorte d'individu me captive au premier chef. Ils sont faits du même bois que moi. Alors que, monté dans le car scolaire, on sait où il va, lui : à l'abattoir des rêves pour enfants.

Il n'y a pas d'âge pour rêver. L'école n'apprend pas les rêves. La preuve ? J'aurais pu ne pas aller à l'école et rêver autant.

117

Le travail, c'est ce qu'on m'obligeait à faire à l'école, et j'ai bien retenu la leçon. Je me suis dit, très jeune, qu'il fallait à tout prix que j'évite de travailler, sinon ma vie allait ressembler à l'école. L'horreur. Déjà la privation de liberté que représente la rentrée des classes... L'idéal, c'est de ne pas travailler (ou le moins possible). Le travail, c'est la punition d'Adam et Ève.

Que lit-on à l'entrée des camps de concentration ? « Le travail rend libre. » Il faut donc faire attention dès que l'on s'approche de ce mot.

Le travail est l'alibi majeur. Qu'est-ce que tu fais cet après-midi, le temps est superbe ? Oh, je ne peux pas, je travaille.

Chez nos contemporains, le travail est devenu un alibi du refus de penser. Il a pris une place colossale. C'est leur corset. Il faut être très structuré pour supporter l'oisiveté.

L'école, ce n'est que de la contrainte. L'odeur de l'encre des porte-plumes sur les cahiers de vacances quand les pies gueulent en haut des sapins... La campagne vit, c'est l'été, et on doit « gratter » : c'est immonde. Quand on nous fait faire des choses pareilles, on nous enlève de la vie. Du temps libre. Or, tous les temps doivent être libres.

Comme j'ai vécu ça, je me suis dit que ma vie devait ressembler à des vacances perpétuelles. Oui, *vacances à perpétuité* !

Je n'aime pas les intellectuels, j'aime les « intelligents ». En France, pour des raisons culturelles, on a toujours pensé que certains, parce qu'ils étaient cultivés, étaient intelligents.

Il faut être un génie pour ne pas sortir complètement idiot d'une grande école ! C'est une réalité – et je ne suis pas énarquophobe. Faire des études, c'est bien, mais ce n'est pas suffisant.

12

Un janséniste « déconneur »

L'étrave, c'est la direction de la route. Je me comporte dans la vie comme si j'étais toujours à l'étrave… Surtout, je me comporte comme je sens. Je ne passe pas mon temps à tenter de savoir si ma pensée ressemble à celle de Kierkegaard ou à celle de Kant. D'ailleurs, je n'en ai rien à siffler. Ce qui compte pour moi, c'est d'avoir une vie qui corresponde à ce qui va me créer des plaisirs et des émotions. En somme, et comme je l'ai dit, je suis cohérent. J'accueille favorablement mes désirs et mes plaisirs. Je suis un janséniste déconneur. Je ne cède pas sur mes désirs. Je ne cède rien là-dessus. Je n'ai ni à m'excuser ni à convaincre : ce n'est pas mon propos. Je suis un homme de rigueur et de combat, un homme de parole et d'exigence. Il n'empêche : de temps en temps, je déconne. C'est important, ne serait-ce que pour sanctifier le bonheur de vivre.

Je suis indifférent aux félicitations : c'est une force.

Je n'ai pas d'ambition. Pourvu que l'année prochaine soit comme l'année dernière ! Je n'ai que le goût de faire des choses belles et qui m'amusent.

Le secret c'est de vite se connaître pour gagner du temps.

Puisqu'il faut faire quelque chose dans la vie, faisons-le avec passion.

Je n'ai jamais été un révolté mais un indifférent – et en cela, je suis assez proche des Polynésiens. Ils sont, grâce à leur culture de l'isolement, capables de résoudre tous les problèmes de cet isolement. Intellectuellement, ils n'attendent rien de quiconque. Ils attendent tout d'eux et rien de l'autre. Je trouve que c'est réjouissant. Cette forme d'indifférence me séduit. Dans notre monde, il y a assez peu d'indifférence *naturelle* – plutôt une indifférence d'attitude. L'indifférence a besoin d'une signification. Pour nous, elle est une forme de rejet. Pour un habitant des Tuamotu, ça n'a rien à voir.

Je n'ai jamais manifesté mon opposition (au reste, cette attitude est vaine). Je me ferme et c'est tout.

Je n'ai jamais été accusé d'être un meneur, dans les collèges ou lycées dans lesquels on m'a placé, j'ai été accusé (ce qui est pire aux yeux de mes coreligionnaires) d'être un indifférent

– comme je l'ai dit. J'ai horreur du groupe, de l'odeur du groupe. Je ne pense pas « groupe ». Je n'ai pas de culture du groupe.

Je n'ai jamais été dans les clubs, les sectes, les associations. Je ne vois pas l'intérêt.

Le corporatisme est une vérole. Tout ce qui se constitue comme groupe, et dont le premier acte d'existence est l'exclusion de l'autre, est une lèpre. Une maladie honteuse.

Oui, je suis un janséniste déconneur. Seul, je pratique l'ascèse. J'ai horreur de la débauche. Il y a de la vulgarité dans la débauche, pas dans la déconnade. Et je ne supporte pas la vulgarité.

La vulgarité, c'est de la grossièreté qui a honte.

Je n'ai jamais rien trouvé de plus débile que la mode. Je remarque néanmoins l'extraordinaire créativité de ceux qui la font (les créateurs). Mais, en dehors de cela, ça n'a aucun intérêt. Pour moi, la mode, c'est du temporel dans un monde dont l'essentiel de la colonne vertébrale est, par définition, intemporel. La pensée est intemporelle. Je ne vois donc pas pourquoi l'on penserait comme ses contemporains. La pensée étant éternelle, pourquoi s'agirait-il de penser ce que pensent les hommes d'aujourd'hui ? On peut peut-être se trouver à penser ce qu'ils penseront demain ou ce qu'ils ont pensé hier. Penser comme ses contemporains, par effet de mode, c'est une insulte générale à l'intelligence de l'espèce. J'entends de plus en plus parler d'écologie alors qu'il y a vingt ans, c'était réservé aux candidats écologistes barbus qui se présentaient dans le cinquième arrondissement de Paris (je regarde les écologistes comme des gens qui ont un savoir, mais aussi, et peut-être surtout, quelque chose à vendre !). C'est hallucinant. Les problèmes n'ont pas changé, la situation ne s'est pas aggravée, c'est la même chose. C'est intellectuellement choquant. Mais ça ne me déçoit pas car je savais que ça se passerait ainsi. À leur décharge, il faut souligner que le mode de vie adopté par nos contemporains leur laisse très peu de temps pour penser (ou alors le temps de penser à des magouilles, des combines pour esquiver des coups). Pour penser, il faut prendre du recul.

Nos contemporains n'ont plus de pensée mais ils ont des avis – l'avis étant le raccourci de la pensée. L'avis, c'est un jugement hâtif prononcé sur quelque chose qu'on ne connaît pas. C'est l'archétype.

Aujourd'hui, on vit entouré d'avis. C'est de la tchatche !

Nos contemporains n'ont plus le temps de penser car ils le perdent à tenter de récupérer des correspondances – métros, trains, bagnoles, journal de 20 heures. Ils se sont inventé des vies monstrueuses dont ils sont responsables – partiellement.

Souvent, des amis que je n'ai pas vus depuis longtemps me disent : « Quand tu viens à Paris, appelle-nous. » Une fois sur place, je leur fais signe. Ils ont toujours un rendez-vous important (à la banque, aux impôts, etc.). Alors je leur demande : « Mais si tu étais malade, tu irais ? » Ils me répondent : « Évidemment, non. » Il faut parfois décider d'être malade pour prendre le temps d'aller fumer une clope au square, manger une glace, glander. Aucun de mes amis n'a décidé d'être malade. Alors je ne les ai plus vus.

Parfois, moi, je décide que je suis malade. Je téléphone, j'annule mes rendez-vous. Je suis *off*. Alors je laisse la lumière monter dans le ciel pour voir les ombres… Il faut savoir où sont ses priorités.

Je ne revendique jamais rien. Je suis tout sauf quelqu'un qui se plaint, quelqu'un qui veut changer les choses, quelqu'un qui veut faire la révolution. Je ne suis ni un porte-parole ni un révolté.

L'évident, c'est qu'il n'y a rien à dire… Que toute parole est inutile, vaine : il faut faire ce qu'on a envie de faire – et ne rien déclarer. Il n'y a pas à abreuver le corps social d'un discours pour le faire évoluer, changer, ou lui apporter quoi que ce soit ! Une chimère ! Il faut être d'une bêtise crasse pour penser ça. Ce qu'il faut à tout prix, en revanche, c'est ne pas se faire remarquer. Alors ça, oui. Comme les prestidigitateurs : ils attirent l'intérêt sur la main gauche car c'est la main droite qui fait ce qui doit être fait. Moi, j'ai appris ça : attirer l'attention sur un point qui n'est pas la vérité de ce que je fais, mais le mensonge (par omission) de cette vérité. J'ai fait ça toute ma vie pour qu'on me fiche la paix. Les discussions, les « propos » de la société ne m'intéressent pas. En d'autres termes, les discours du corps social m'indiffèrent. La politique, je n'y crois pas une seconde. Voilà une bande de mecs qui font, pour leur bénéfice propre, des combines. Et jamais au bénéfice collectif. Le tout, c'est de laisser croire que c'est pour tout le monde. C'est comme les gens de la grande distribution : ils nous vantent la qualité de leurs produits en tentant de nous faire croire que si on les achète, notre vie sera plus belle. Rigolade. C'est pour qu'eux s'enrichissent. Toujours la même histoire.

La plupart des politiques sont des êtres assez médiocres qui ne peuvent sortir de l'anonymat qu'en prônant ce type d'arnaque : nous faisons en sorte que votre vie soit meilleure. Tu parles !

Tout ça fait partie du jeu humain – seulement je ne suis pas dupe de ce système de tchatche. Je n'ai jamais cru les politiques. D'ailleurs, quand la situation devient vraiment dangereuse, il n'y a plus personne. Quand de Gaulle lance l'appel du 18 Juin, il y a peu de gens qui le rejoignent à Londres – la France comptait, à l'époque, 40 millions d'habitants. Quand c'est dangereux et quand c'est *vrai*, personne n'y va. Je n'ai pas de mépris, seulement je constate que le consensus est une combine.

Il faut comprendre que bon nombre de politiques français qui sollicitent notre vote sont des types qui n'ont jamais réellement travaillé. Hallucinant. Ils n'ont jamais mis les pieds dans une entreprise. Ils ont bossé dans l'administration mais n'ont jamais rien géré : ils n'ont jamais été responsables de leur travail. Et ce sont les mêmes qui parlent de l'économie, de la vie… C'est le monde de l'imposture. Leurs propositions, par conséquent, ne m'intéressent pas, je le répète. Je n'ai pas de temps à leur accorder. Je ne crois pas aux jeux des politiques mais il faut comprendre qu'eux-mêmes n'y croient pas – sinon, il s'agirait de les enfermer sur-le-champ.

Leur seul savoir-faire est dans le faire-savoir.

Les politiques sont, dans leur grande majorité, des voleurs d'espoir de pauvres. Ils font croire, aux plus déshérités, la possibilité de choses qui ne sont pas – et tout cela pour ramasser de quoi rouler dans des bagnoles avec chauffeur.

La caractéristique de notre société aujourd'hui, c'est d'accorder de l'importance à des choses qui n'en ont pas, de porter du sens à des choses qui n'en ont pas. Nous sommes, depuis un certain nombre d'années, en train de construire de l'inutile à tous crins.

C'est leur histoire. Pas la mienne.

Les gens que j'aime savent que je ne suis pas un imposteur.

Depuis la Seconde Guerre mondiale, on a réussi à faire croire à tout le monde que le mec important, c'était le banquier. Alors même que l'on s'aperçoit aujourd'hui que, pour la plupart, ce sont des danseurs et des voyous. Qu'est-ce que cela veut dire ? Il faudrait être naïf, face à la crise actuelle, pour imaginer que les banquiers ne se rendaient pas compte de ce qui se passait. Mais ils se sont tus. Encore l'imposture qui consiste à se faire prendre pour ce qu'on n'est pas. La crise actuelle est due à l'organisation conjuguée de la malhonnêteté et de l'inconséquence. Leur système consiste à mutualiser les pertes et à privatiser les profits.

Ce n'est pas parce qu'on est dans le même bus virtuel qui nous conduit vers la fin d'une aventure que nous sommes obligés de regarder leurs visages et de nous intéresser à ce qu'ils sont.

Il est vain de vouloir changer ce monde dont je viens de parler. C'est au milieu de ce monde qu'il faut faire sa vie. C'est au milieu de ces données (certaines) qu'on crée sa propre existence. Au milieu des données que nous repérons, nous créons la vie qui nous convient. Il y aura toujours des politiques pour raconter des « carabistouilles », le problème n'est pas là.

Nous vivons dans une société de spécialistes à la mie de pain. Il suffit de tourner le bouton de la télé pour apercevoir une congrégation de bavards avec un faux ignorant au milieu qui pose des bonnes questions pour dire le monde et son contraire. De la communication. La communication a remplacé la pensée. J'en veux pour preuve que si ça pensait avant de communiquer, ça ne communiquerait pas comme ça. Écouter les communicants communiquer confine à l'irresponsabilité. Moi, je coupe le poste. Ici, en Polynésie, je n'écoute rien sauf le vent pendant parfois un ou deux mois d'affilée. Quand je reviens à Paris, ça me rappelle l'époque où je naviguais beaucoup : je partais deux ou trois mois, je revenais et les papiers dans les journaux étaient les mêmes que lors de mon départ.

Nous vivons cernés par des gens qui ne comprennent rien mais s'intéressent à tout (c'est encore l'un des symptômes de notre monde). La mode, c'est de savoir parler de tout. Les experts nous expliquent les guerres alors qu'ils n'en ont jamais vécu une seule, qu'ils n'ont jamais tenu un fusil.

Pour moi, c'est fort suspect de s'intéresser à tout.

La plupart des gens ne veulent pas comprendre, ils veulent être *au courant*. C'est une insulte à l'intelligence. Ils se répandent à longueur de blogs… C'est pauvre et vain, indigent et indécent.

Prenons l'Europe. Ce sont les mêmes qu'on a nommés à la tête de cette institution, ils ont les mêmes réactions que nos politiques, les mêmes peurs, les mêmes impuissances et les mêmes schémas car ils ont été élevés dans les mêmes écoles, et, réunis à la tête de l'Europe, ils font les mêmes conneries que celles qu'ils feraient dans une préfecture du Loir-et-Cher. La preuve ? Voilà des années que la monnaie (l'euro) leur a échappé. Les banques font le bordel et tous ces fonctionnaires européens sont incapables de régler le problème.

Voilà quarante ans que les économistes nous expliquent un monde qu'ils n'ont pas compris – il faut avouer que c'est tout de même formidable. Et ça marche. Je me souviens de mes profs de fac qui m'expliquaient l'économie, alors qu'ils n'avaient pas de quoi s'acheter une belle bagnole.

J'ai aujourd'hui le regard d'un mec qui termine le parcours… Et ça s'est bien passé. Merci. Et ça se passera bien pour les autres. Les nouvelles générations, à l'inverse de ce que tout le monde pense, sont dix fois plus armées que nous pour vivre dans le monde d'aujourd'hui.

Durant la guerre, il y avait ceux qui collaboraient avec l'ennemi. Aujourd'hui, il y a un ennemi de l'intérieur : c'est la médiocrité. Avec celui-là, tout le monde collabore.

J'ai de l'étonnement devant le ridicule de ce monde.

Je regarde avec consternation, par exemple, tous ces types qui courent à l'hôpital assister à l'accouchement de leur femme.

La maternité est une affaire de femme. Pas une affaire d'homme. D'ailleurs, ce sont les femmes qui veulent des enfants, dans la majorité des cas. La reproduction, pour un homme, c'est un accident. D'ailleurs, je trouve bizarre que les hommes veuillent des enfants. Il ne faut pas vouloir des choses sur lesquelles nous n'avons pas de réel pouvoir. Le simulacre de la reproduction nous procure beaucoup plus de moments heureux que la reproduction elle-même. L'amour n'est pas, non plus, à l'abri de l'imposture. D'ailleurs, l'amour n'existe pas en Europe, c'est de la comptabilité : les couples se partagent les tâches en prenant des notes. Les journaux féminins sont remplis de ces comptes sordides : « Est-ce que Kevin m'aide à la maison ? »

Un jour, à Dunkerque, en mer, l'un des matelots me demande de débarquer. Je le questionne. Il me répond que sa femme va accoucher dans deux ou trois jours. Je l'interroge : « T'es médecin ? » Je l'ai prévenu : s'il quittait le bord (où il était indispensable), il était viré.

Dans les Écritures, on présente l'enfant au père une semaine après l'accouchement.

Les colonnes du Temple, quand elles sont trop rapprochées, ne soutiennent rien. Un homme et une femme doivent être suffisamment séparés pour pouvoir soutenir quelque chose, une construction.

Les fibres des familles, ce sont les femmes qui tiennent ça. L'histoire des familles, ce sont les femmes.

Les hommes donnent les noms, font la pâture, gagnent encore souvent le blé. Ce sont les femmes qui font l'intérieur.

Après ça, il ne faut pas venir me parler de misogynie. Un misogyne est un type qui n'aime pas les femmes. Moi, je les aime suffisamment pour être exigeant.

13

Notre ignorance et notre impuissance

Comme je l'ai dit à plusieurs reprises, je suis un type qui avait le devoir de partir à l'aventure. J'ai senti cela. J'ai su et j'ai senti : c'est la même chose. Je ne sais pas, pour autant, ce que c'est qu'un « homme de devoir », mais, en revanche, ce que je sais, c'est que ceux qui ne sont pas des gens de devoir sont des imbéciles. Ceux qui n'ont pas un certain sens du devoir sont souvent inintéressants. Il faut sans cesse créer des projets pour faire mieux. C'est une affaire de regard que l'on porte sur nos vies. Il y a une éthique dans tout cela. Faire mieux, faire plus. Je me suis inventé des exigences.

Notre histoire collective est tissée d'individus qui ont voulu faire mieux et plus – et le groupe en a bénéficié. Cette volonté est ce qu'il y a de moins ringard dans l'homme.

Je ne suis pas réservé sur la nature de l'homme, je suis conscient de son impuissance. Hyperconscient. Nous avons, au fond, des moyens intellectuels limités : on ne sait pas où on va ni d'où nous venons. Nous passons notre temps à étaler notre savoir mais il faut faire le rapport entre ce savoir et notre ignorance, qui est colossale. Abyssale. Ce qui nous rend égaux, c'est que notre ignorance est infiniment plus grande que notre savoir. Il y a match nul entre le plus intelligent, le plus doué, le plus cultivé d'entre nous et le plus bête face à l'ignorance. Face à ce qu'ils ignorent tous les deux, oui, il y a match nul. Nous sommes égaux dans l'impuissance.

Nous n'avons pas les moyens de nos rêves. Pour voler il nous faut un avion, pour aller sur l'eau, un bateau : nous n'avons que des prothèses.

On ne sait rien de ce qu'il y a eu avant nous, nous ne savons pas ce qu'il y aura après : notre ignorance est le fondement même de notre impuissance. Entre ces deux gouffres, nous tentons de rester stables. Et, ce qui est remarquable, c'est que nous y parvenons parfaitement bien. Nous sommes des végétaux qui bougent puisqu'on accepte des axiomes aussi lourds que cette ignorance que nous sommes obligés de trimbaler toute notre vie.

On ne peut pas s'imaginer de *savoir*. D'où notre impuissance.

Je vois tous les hommes égaux en raison même de leur ignorance fondamentale. En d'autres termes, ce qui, pour moi, définit l'homme, c'est son ignorance. Personne n'est capable de répondre aux vraies questions, aux questions fortes. Un exemple ? Les individus passent leur vie à être préoccupés par des horaires (de train, de bureau, de rendez-vous…), mais aucun n'a l'heure de sa mort ! 8 h 45, 8 h 17, avion à 21 h 45… La vie sociale est entièrement basée sur des horaires, mais la seule heure qui est importante, personne ne la connaît.

Nous sommes égaux parce que, face à ce que l'on ignore, la parité est monstrueuse.

J'ai une grande conscience de l'absurdité du monde des hommes. Les choses importantes, personne n'en parle parce que personne ne sait. Tout le monde fait semblant.

L'ignorance essentielle nivelle tout. Il y a encore des gens pour remettre en cause l'égalité des Blancs, des Jaunes, des Noirs, des Rouges… Penser qu'on n'est pas égaux – ou remettre en question cette égalité – est une monstruosité. Quand je me promène dans la rue, je regarde mes semblables de dos, de face, de profil ; je vois bien qu'ils sont tous dans la même « navrance », « navrance » dans laquelle je suis moi-même.

Le spectacle de l'ignorance est navrant. Nous sommes biologiquement imparfaits.

Si l'on accepte ces coordonnées-là, la vie devient aussitôt plus consciente. Que nous reste-t-il, dans ce système ? L'action.

Notre ignorance est une vraie clef de lecture de ce que nous sommes. C'est l'une des clefs les plus indiscutables que je connaisse.

Construire une réflexion sur le savoir, c'est ouvrir les portes de l'erreur et de la vanité. Se glorifier, se nourrir du savoir (de son savoir) pour déclarer sa construction faite, c'est aussi ridicule, intellectuellement, que l'acquisition matérielle : dès lors que l'on commence à traiter les choses de l'esprit comme des biens matériels, on dénature l'essentiel de ce qu'est l'esprit. Si l'on pense posséder l'esprit à cause de nos connaissances ou des diplômes que l'on a acquis, on se trompe fondamentalement : c'est comme penser qu'on est riche en fonction de ce qu'on a. Le mécanisme est identique. Or, il ne s'agit pas d'avoir, il s'agit d'être.

De même qu'il y a plus de mer que de terre, il y a davantage d'ignorance que de savoir.

On habite l'ignorance et non pas le savoir – qui est minuscule. C'est imparable.

Si on parle de savoir, alors on va dire que nous, les hommes blancs, on a su construire des fusées, piloter des avions… À côté de nous, les Noirs ne savent pas (on voit où ces raisonnements mènent, l'histoire l'a montré). Chaque fois qu'on va partir du savoir pour réfléchir, on va se tromper et ce sera l'impasse. Chaque fois qu'on va partir de l'ignorance, on va déboucher sur des choses généreuses et, surtout, réelles.

On ignore, par exemple, la souffrance de l'autre. On ne peut pas y accéder. Mais on peut en tenir compte. Il faut faire très attention. Ne pas ajouter du chagrin au chagrin. Je pense souvent à cela. Sur la route, en voiture, un type qui roule doucement devant vous, il est malvenu de le klaxonner car on ne sait pas quelle est la taille du fardeau qu'il porte. On n'a pas le droit d'en rajouter, même un gramme. Comme on ne sait pas la souffrance de celui qui est à côté de vous, qu'on ne peut pas la percevoir, il faut se comporter de telle façon que jamais notre attitude n'augmente cette souffrance. On doit s'interdire d'ajouter à la douleur de l'autre. Derrière un conducteur qui traîne manifestement sur une petite route, j'ai à choisir entre son sans-gêne et son désarroi. Je parie sur son désarroi – et je me trompe souvent !

On ne peut pas passer son temps à ne pas respecter autrui. Tôt ou tard, ceux qui n'ont pas respecté les autres s'en mordent les doigts – et ça n'est que justice. Moi, je ne suis pas, loin s'en faut, obséquieux, mais je respecte l'autre. Comme je ne veux pas ajouter de souffrances à mon prochain, je le respecte. C'est un principe de délicatesse. Il faut prendre soin de ne pas humilier.

Je me souviens qu'un jour, j'allais déjeuner dans une brasserie branchée de Paris avec une amie, une jeune femme d'une vingtaine d'années. Un serveur assez âgé – il ne devait pas être loin de la retraite – vient à notre table, apporte nos plats et, maladroitement, laisse tomber à terre des couverts. La jeune femme qui m'accompagnait s'est levée pour les ramasser. Je me suis dit aussitôt que cette fille était vraiment quelqu'un de bien. Voilà la vraie bonne éducation. Pour moi, ce sont des choses capitales. Cette jeune femme avait réagi comme il fallait sans se moquer – comme l'auraient fait beaucoup d'autres. On pouvait penser, lorsqu'on voyait cet homme encore à la tâche à son âge, que la vie, sans doute, n'avait pas été très clémente avec lui. L'élégance, c'était de se lever et de ramasser. Oui, l'élégance.

J'ai toujours pensé qu'il ne fallait pas être raisonnable. Il faut faire d'abord, dans la vie, ce qui nous intéresse, nous fait palpiter. On n'est pas sûrs de vivre mille ans ! Quand j'avais 20 ans et que j'entendais des gens me dire qu'ils rentraient aux PTT pour se garantir une retraite, j'étais mal à l'aise. Je me disais : quelle présomption, quelle confiance dans l'avenir, quel pari ! Présomption sur le capital-vie. Comment penser avec certitude qu'il s'agit de se « pourrir » quarante ans de vie pour que les vingt derniers soient confortables ?

Enfin, bref. L'autre fait ce qu'il peut. Il n'y a pas d'individus de mauvaise volonté. Les gens font ce qu'ils peuvent. Le problème, c'est qu'il y en a qui ont du mal à sauter 1,30 mètre. Ils font ce qu'ils peuvent avec les moyens qui sont les leurs. Et tout le monde n'a pas les mêmes moyens – loin de là. C'est la raison pour laquelle on ne peut pas avoir, dans l'absolu, un jugement sévère sur l'autre. Plus je vis, plus je crois cela.

Je crois qu'il est intelligent de faire attention à ne pas se comparer à l'autre.

Moi qui suis un solitaire, j'ai néanmoins une vraie tendresse pour notre histoire collective.

Quand les gens disent de tel ou tel : « Mais il aurait quand même pu… » Mais non, s'il ne l'a pas fait, c'est qu'il ne pouvait pas. On se rabaisserait en en voulant aux autres de leur impuissance. Ce serait indigne.

Ma mère est décédée il y a peu. Plus personne ne portera, sur moi, un regard bienveillant. Ici, « bienveillant » signifie : quelqu'un qui *veille* avec l'envie du *bien*. Être bienveillant, c'est aller chercher la part de merveilleux chez l'autre. Être attentif au positif chez l'autre, c'est une vraie attitude face à la vie. Du moins, comme un guetteur embusqué, il s'agit de se mettre en position de recevoir le positif de l'autre si jamais il passe. La décision, en somme, c'est de ne pas se priver du génie de l'autre – parfois, c'est un désert total, il ne faut pas se mentir... De deux choses l'une : ou ce génie n'existe pas ou nous n'avons pas les moyens de le trouver – ce qui est une autre affaire, laquelle nous renvoie à notre impuissance. Quand on trouve l'autre bête (et qu'on ne l'aime pas), ce jugement *ex abrupto* est aussi la démonstration de notre échec à rencontrer ce qui est intéressant chez lui. Et comme nous sommes assez peu à chérir nos échecs, on aime l'autre encore moins. L'effet est mécanique.

Vivre est un privilège. Ce n'est pas un dû. Alors on doit avoir la politesse, l'élégance, de profiter du fait d'être vivant pour que cette vie soit belle. La conscience de notre privilège doit engendrer un comportement. Une seule question, chaque matin : comment faire en sorte que cette journée qui débute soit belle ?

Moi, je suis un joyeux qui a le sens du tragique. Je ris avec la comédie, pas avec la tragédie – ce qui confinerait au cynisme. De même qu'on se frotte les mains vers midi parce qu'on a faim et qu'on imagine ce qu'on va se mettre sous la dent, de même je me frotte les mains au réveil le matin en me disant : avec quoi est-ce qu'on va se marrer aujourd'hui ?

On ne doit rien faire par habitude. Toute action doit être soumise à une réflexion. En d'autres termes, le plaisir s'organise. La routine est à proscrire. Il faut comprendre ce qu'on vit et ce qu'on est. On doit être apte à choisir dans le panel des possibles. Il s'agit de piloter sa vie. C'est ce que je fais constamment. Comme en mer. Il y a une réalité en face de nous et, en fonction de cette réalité, nos choix nous conduisent à une tactique.

Relevé de navigation

1967-1968

Service militaire dans la marine, affecté sur la goélette *Pen Duick III* (19 mètres) à la demande du capitaine de vaisseau Tabarly. Termine le chantier de construction à la Perrière (Lorient) et participe à tous les convoyages et courses du navire.

Gotland Race (Suède),
Middle Sea Race,
Channel Race,
Cowes Week,
Fastnet Race (Angleterre),
Yarmouth-Lequeitio (Espagne),
Plymouth-La Rochelle,
La Rochelle-Bénodet,
Sydney-Hobart,
convoyage Lorient-Baltique,

Finlande-Angleterre,
Sydney-Nouméa, Ouvéa-Sydney.

Fonction à bord : chef de quart.

1969-1970

Embarque avec le capitaine de vaisseau Tabarly
sur la goélette *Pen Duick IV* (21 mètres).

Lorient,
Ténérife,
Fort-de-France,
San Diego (États-Unis),
San Francisco,
Los Angeles,
Honolulu,
Hawaii-Tahiti-Nouméa.

Fonction à bord : second.

Cours de navigation astronomique par le capitaine
de vaisseau Tabarly, en charge de la sécurité et
du matériel de sauvetage. Présence fréquente à
bord du professeur Bordier, de l'hôpital Lariboi-
sière, à Paris, qui nous enseigne les traitements
d'urgence et pharmaceutiques.

1971-1972

Embarque avec le capitaine de vaisseau Tabarly sur le ketch *Pen Duick III*.

Los Angeles-Tahiti,
Cape Town.

Fonction à bord : chef de quart.

Convoyage Rio-Fort-de-France,
Course Southern Ocean,
Circuit Tampa-Miami-Fort Lauderdale.

Prépare *Vendredi 13* (Jean-Yves Terlain) pour l'Ostar trois-mâts à foc baume.

Fonction : gréement, mécanique, électricité.

Convoyage New York-La Rochelle.

Fonction à bord : second.

1973-1974

Mise à l'eau de *Pen Duick VI* (23 mètres) en second du capitaine de vaisseau Tabarly.

Course Whitbread autour du monde,
Neuvage du ketch, suivi du périple Portsmouth-Rio-Cape Town-Sydney-Rio-Portsmouth par les trois caps.

Fonction à bord : responsable voilure sécurité.

Bermuda Race (États-Unis), Newport-Bermudes, Course Bermudes-Plymouth.

Fonction à bord : second.

1975-1977

Capitaine sur le ketch *Kriter II* (25 mètres).

Financial Times Clipper Race Londres-Sydney, Sydney-Londres,
Convoyage Athènes-Lymington (Angleterre), armement, direction travaux.

1978-1980

Construction du trimaran *Kriter IV* (23 mètres) aux CMN de Cherbourg.

Route du Rhum en solitaire.

1981-1983

Capitaine sur le sloop *Kriter VI*.

Course transatlantique nord,
Convoyage retour en solitaire,
Course Lorient-Bermudes-Lorient.

1983-1985

Construction du trimaran *Jacques-Ribourel* (23 mètres) aux CMN de Cherbourg.

Neuvage sur la Route du Rhum en solitaire,
Convoyage Antilles-Brest,
Course La Rochelle-La Nouvelle-Orléans, convoyage retour.

Fonction à bord : capitaine.

1985-1987

Construction du trimaran *Poulain CDK* (23 mètres) à Port-la-Forêt (Finistère).

Course de l'Europe : Scheveningen-Bremerhaven-

Dún Laoghaire-Lorient-Vilamoura-Barcelone-San Remo.

Fonction à bord : capitaine.

Record du tour du monde (Brest-Brest) en solitaire par les trois caps.

1988-1992

Construction du trimaran *Charal CDK* (27 mètres) à Port-la-Forêt (Finistère).

Neuvage sur Brest-équateur-Antilles-Brest, Entraînement : équateur-New York-Brest, Brest-Cape Town-Brest.

Fonction à bord : capitaine.

1993-1995

Trophée Jules-Verne, record du monde en multicoque.

Fonction : capitaine du *Lyonnaise des eaux*.

1996-1998

Trophée Jules-Verne, record du monde sans assistance et sans escale.

Fonction : capitaine du multicoque *Sport-Elec*.

1999-2000

Construction du trimaran à moteur *Ocean Alchemist* (28 mètres), moteur Caterpillar 800HC.

Saint-Malo-Pointe-à-Pitre, retour Brest,
Brest-cercle polaire arctique-îles Lofoten, retour
Écosse-Irlande-Brest.

Fonction à bord : capitaine.

2000-2002

Construction du trimaran *Géronimo* (33 mètres).

Brest-équateur-Açores-Brest (deux fois).

Tour des îles Britanniques : cap Lizard, Pas-de-Calais, nord des îles Shetland, Écosse ouest, Irlande ouest, cap Lizard (deux fois).

Fonction à bord : capitaine.

2003-2006

Trophée Jules-Verne (deux fois),
Convoyage à Doha (Qatar),
Qatar-Perth, Perth-Sydney,
Pacific Trophies,
Record du tour de l'Australie sans escale,
Record Sydney-Tahiti,
Convoyage Tahiti-San Diego,
Record Los Angeles-Honolulu,
Record Honolulu-San Diego,
Convoyage San Diego-San Francisco,
Record San Francisco-Hawaii-Osaka sans escale,
Record Osaka-Hong Kong, Hong Kong-Osaka,
Record Osaka-San Francisco,
Convoyage San Francisco-San Diego.

2007-2008

Convoyage du *Géronimo*.

San Diego-Panama-Pointe-à-Pitre-Brest.

À bord du trimaran *Ocean Alchemist*.

Brest, Açores, Pointe-à-Pitre, Brest, Canaries,
Cap-Vert, Saint-Louis, Fortaleza, Bahia, Rio,
Parati, Brachuy, Isla Grande, Buenos Aires, détroit

de Magellan, Punta Arenas, Chiloé, Valparaiso, Gambier-Est, Tuamotu, Reao, Puka Puka, Taenga, Fakarava, Apataki, Rangiroa, Bora-Bora, Raiatea, Moorea, Tahiti.

Table

DU MÊME AUTEUR

Mémoires salées
Robert Laffont, 1985

Les Côtes bretonnes vues du ciel
(photographies de Jean-Paul Paireault)
Glénat, 1990

Homme libre, toujours tu chériras la mer
(avec Jean Noli)
Fixot, 1994

T'as pas honte
(illustrations de Wolinski)
Le Cherche Midi, 1995

Macho mais accro
(illustrations de Wolinski)
Le Cherche Midi, 1996

Tous les océans du monde
Le Cherche Midi, 1997

Le Bretagne vue de la mer
(illustrations de Michel Bellion)
Le Cherche Midi, 2006
et « J'ai lu », 2010

Ocean's Songs
Le Cherche Midi, 2008
et « J'ai lu », 2010

Instants de Bretagne
(photographies de Philip Plisson)
La Martinière, 2010

La Mer à travers la carte postale ancienne
HC, 2012